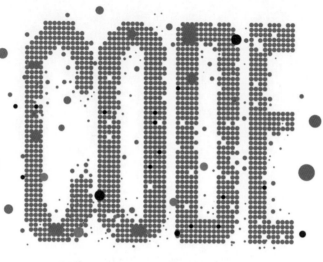

The Bestseller Code

暢銷書密碼

人工智慧帶我們重新理解小說創作

———

Jodie Archer　茉蒂・亞契

Matthew L. Jockers　馬修・賈克斯

葉妍伶———譯

目　錄

第 1 章

暢銷書量表

文字探勘將顛覆出版？

　　回顧 2010 年春天，史迪格・拉森的經紀人簡直意氣風發。[1]
6 月 13 日，《直搗蜂窩的女孩》甫上市便登上《紐約時報》精裝
書暢銷榜第一名，《龍紋身的女孩》盤踞平裝本冠軍，《玩火的女
孩》則屈居第二。這個系列合稱「千禧年三部曲」，在美國已持
續了四十九週的優異表現，在歐洲更是整整三年屹立不搖，叫人
怎麼能不跩？

　　隔月，拉森打破紀錄成為首位賣出一百萬冊 Kindle 電子書
的作家，在接下來的兩年內，各種版本合計賣出七千五百萬冊。
這位作家來自瑞典，原本是位無人知曉的政治狂熱分子，後來才
開始寫小說。他的處女作有個很不討喜的書名叫《憎恨女人的男
人》，內容還有殘酷的強暴情節與酷刑。小說被翻譯成英文之後
改名為《龍紋身的女孩》，竟然成為當年轟動三十餘國的超級暢
銷書。

　　媒體完全不懂這幾本書為何大賣，大報紛紛邀請書評來探究
書市異象。為什麼讀者會喜歡這本書？熱潮是怎麼形成的？祕密
在哪裡？誰能預料？

　　沒有人回答得出來。這幾本書從結構、文字、劇情到人物

1　編註：拉森已於 2004 年過世，《直搗蜂窩的女孩》等書為拉森逝世後經紀
人幫他出版的作品。

都有問題，就連英文翻譯也不對勁。書評搔頭皮拍腦袋也沒有答案，只能怪讀者品味不好。但小說依舊賣得嚇嚇叫，一再版就立刻完售，不論英國、美國、日本或德國都一樣；讀者有男有女、有老有少、有黑有白、有同性戀有異性戀。不管你是誰、不管你在哪裡，身邊都有人在看這三部曲。

　　這種情況在書市極為罕見。如果拉森的熱潮能夠年年來，出版業必定樂不可支。繼拉森之後再度引爆銷售狂潮的書是《格雷的五十道陰影》，但作者 E. L. 詹姆絲可是親自去各地造勢宣傳，不像拉森在小說出版前就過世了。沒有作者親自宣傳，「千禧年三部曲」締造的成績簡直是奇蹟，毫無道理，也毫無徵兆。

　　我們來看看數字。有一間登記在德拉瓦州的鮑克公司（Bowker）專門為美國的出版品提供 ISBN 書號。根據鮑克的統計，每年在美國出版的小說大約有五萬至五萬五千本，但這個數字應該是低估，因為現在有愈來愈多作家自行出版電子書，而電子書並不需要 ISBN。另一方面，每年能夠登上《紐約時報》暢銷書榜的小說大約只有兩百至兩百二十本。所以就算只用低估的出版量來計算，能上榜的小說仍不到 0.5%。其中，能夠連續上榜超過 10 週的又更少，靠單本書就年銷突破百萬冊的可能一隻手都數得完。這些書究竟憑什麼？

　　一般認為，小說家必須要擅長幾項技巧才能贏得讀者的心，光是文法正確還不夠，情節得要緊湊、角色得要動人。但作家要擁有廣大粉絲還要具備更多能力：洞察人性、創造高潮迭起，就連標點符號也要用得精妙。這都是好作家的基本條件，只要投入

時間和努力，幾乎所有優秀的作家都會有讀者支持。但要大賣到讓幾十萬、上百萬人同時買單，除非有歐普拉在背後推波助瀾，否則這本書必定是具備了某種極為罕見的魔力。很多人認為《龍紋身的女孩》、《格雷的五十道陰影》、《姊妹》、《控制》和《達文西密碼》能大賣都是因為幸運，但這樣的運氣就像樂透般無法捉摸。

　　順帶一提，「暢銷書」這個詞一直都是出版界用語，而且歷史不算太久，在十九世紀末才被收錄到字典，大約和出版界開始以銷售紀錄來替書籍排名的時間點差不多。「暢銷書」原本應該是中性詞彙，但後來卻衍生出一些可能引起誤會的含意。

　　1891 年《國際版權法》生效，迅速減緩了英國小說盜版品的銷售，出版界才終於能有效統計銷售數字。文學雜誌《書人》分別於 1891 年及 1895 年在倫敦與紐約推出「每月書籍銷售榜」，這些排行榜以城市為統計範圍，每個月列出銷量最好的六本書。這些榜單為出版業帶來了兩項全新的意義：首先，這份榜單完全只看銷量，不看其他，而且可以拿給讀者做為推薦書單。讀者在買書的時候不必再只侷限於少數一兩位書評或出版商的意見，而是可以透過暢銷書單看到其他讀者的喜好。從過去到現在，讀者的選擇都是暢銷書排行榜的唯一指標。

　　這樣看來，「暢銷書」這個詞理當和書籍的品質或種類無關，它也不是「類型小說」或「大眾小說」的同義詞。然而，文壇裡有些人就是瞧不起暢銷書，他們覺得大眾品味怎麼可能會好，但其實數字本身是客觀的，呈現出來的也都是事實。暢銷書

其實包山包海，有普立茲獎得獎作品，有美國經典文學，也有大眾市場裡知名作家的小說。暢銷榜上有諾貝爾文學獎得主童妮·摩里森、女權作家瑪格麗特·愛特伍，也有懸疑推理小說家麥可·康納利和言情小說作家黛比·瑪康珀。這就是為什麼暢銷書單富含文化深意、值得我們探究的原因。

很顯然，對作家來說，寫出一本暢銷書很有價值；對經紀人或編輯來說，能找到一本暢銷書也很有價值。對書商也不例外——有些書商之所以能一直經營下去，就是靠那幾本暢銷書在賺錢啊。

當然，我們這裡講的都是金錢價值。想像一下，你曾經說給朋友聽的故事即將出版成書，而你可以拿到幾百萬甚至上千萬美元的預付版稅，那會是怎麼樣的感覺？能做到這樣的作家並不多，但不是沒有。窮作家拿著紙筆創作固然很浪漫，但若你寫的故事可以大賣，陪伴世界各國不同語言的讀者通勤、入浴或入睡，豈不是更加美好？

年復一年，書市裡最暢銷的作家都能享有榮華富貴般的戲劇人生，他們住豪宅、開名車，頭頂宛若戴著文學界的鑽石王冠。如果作品能上榜並且在榜上停留一陣子，隨之而來的就是眾人的尊重、景仰、批評和攻擊。可能會有人邀請你當評審或寫評論，或許小說還能翻拍成電影。總之你的書會不斷被人討論。

如果成功不必靠運氣而是有模式可循，那豈不是很棒？

白天鵝

本書最狂發言：《紐約時報》暢銷書可以預測，想登榜不必碰運氣。

暢銷書之所以能預測並不是像大家想的那樣，靠作家名氣、靠行銷預算、靠砸大錢做宣傳。事實上，成功背後另有原因。別再擔心封面設計了，也別再派小編上臉書和推特發文，找名人推薦也免了吧。這些事情都不會影響到你是不是「下一個諾拉‧羅伯特」或「下一個大衛‧鮑爾達奇」。暢銷書之所以暢銷和這些因素都沒有關係。新書有沒有登上主流媒體，檔期選在春夏秋冬哪一季出版也無所謂。這些都是裝飾雞尾酒杯的小紙傘，都是無關緊要的東西，只會轉移焦點。要預測一本小說能不能大賣，最重要的依據還是書稿，白紙黑字，未經包裝。

但光有書稿不夠，還需要一套電腦模型，它能閱讀、辨識，並從成千上萬本小說中歸納出數千種寫作特徵，這樣才能準確預測哪一本書能在市場中勝出。本書會解釋我們如何開發出這套電腦模型，以及我們為什麼想做這件事；也會說明我們如何運用電腦模型來預測暢銷書，並達到 80%～90% 的準確度。

過去三十年來，凡是能登上《紐約時報》精裝書暢銷榜冠軍，或是在排行榜蟬聯數週以上的作品，通通都可以預測，而且誤差率只有 10%～20%。不僅如此，電腦模型還可以判斷一份全新書稿「可能會上榜」或「可能不會上榜」，並估計它的暢銷指數，這個分數代表一本書的上榜機率。光是計算暢銷指數就夠迷

人了，我們還將公開暢銷指數的原理，也會向大家解釋為什麼你床邊那本書讓你一翻開就停不下來。

大家來看這些數字。根據電腦模型的預測，丹·布朗的最新力作《地獄》暢銷指數有 95.7%；麥可·康納利的《林肯律師》（即電影《下流正義》的原著小說）更高達 99.2%。兩本書都是《紐約時報》精裝書暢銷榜冠軍，這可是出版界的兵家必爭之地，能登冠就有無上榮耀。

上述兩位作家都是文壇老將，但電腦模型並不曉得他們名氣響亮，無論作者有名與否都不會影響電腦判斷。舉例來說，凱特·賈克柏的《星期五編織社》（The Friday Night Knitting Club，暫譯）暢銷指數有 98.9%；潔西卡·諾的處女作《最幸運的女孩》（Luckiest Girl Alive，暫譯）獨樹一格，電腦光憑書稿就給了 99.9% 的超高分。兩位作家都在排行榜上待了好幾個禮拜才下來。

不僅如此，電腦還能預測不同類型的小說。在麥特·戴蒙想演出電影之前，《火星任務》的暢銷指數就已經有 93.4%；米奇·艾爾邦的心靈成長小說《來自天堂的第一通電話》有 99.2%；查德·哈巴赫的處女作《防守的藝術》有 93.3%；希維雅·黛的情慾羅曼史小說《謎情柯洛斯 I：坦誠》則有 91.2%。

這些數字的存在，以及精準到小數點的程度，的確讓某些人很興奮，但也激怒了某些人，更讓許多人心生懷疑。其實他們會有這樣的反應也很合理，因為電腦的預測結果很暴力、超乎尋常。對某些業界資深前輩來說，這種預測簡直荒唐。但這套預測方法可能會顛覆整個出版業，從根本改變你對暢銷書為何暢銷的

想法。

　　我們應該先講清楚，書中提到的所有小說，都不是因為先得到了超高的暢銷指數才得到出版機會。事實上，我們從來沒有把這些數字透露給任何出版社。儘管有些厲害的編輯在出版業號稱是金手指，但各位別忘了，暢銷書出現的機率還不到 0.5%，要押對寶其實是一場豪賭。

　　還有，年復一年，排行榜上總是會有幾個反覆出現的老面孔。史蒂芬・金六十八歲，詹姆斯・派特森六十八歲，丹妮・斯蒂爾也六十八歲。雖然這些老將每次出新書都還是令讀者期待不已，但這其實透露著出版界還沒有找到新一代的暢銷作家，同時還能像老一輩一樣持續三四十年不斷寫出暢銷作品。儘管每年都有數千部小說被退稿或出版，但 2014 年並沒有出現任何超級暢銷書（榜上的《龍紋身》、《格雷》和《控制》都是在前幾年就已經熱賣的小說），就連 2012 年的普立茲小說獎也從缺。怎麼會這樣？

　　這個嘛，大家都知道暢銷書是異類，可遇不可求。所以出版社一旦發掘了一位暢銷作家，又何必再去投資其他新作家？何必在二十九歲的新銳作家身上砸下數百萬美元？錢都花在史蒂芬・金身上就好了嘛。畢竟，年輕新秀會不會成為明日之星根本無從判斷。

　　出版人其實和賭徒沒什麼兩樣。在選書會議上，大家經常熱切爭論著是否要在某位新作家身上「賭一把」。而出版社在競標版權的時候，難免會忍不住「梭了」，把一整季的預算全部押在一本書上。這個過程很刺激，雖然大家也不是全憑運氣，多少依

恃著經驗和見識來下判斷，但說到底這終究是一場賭局。

　　J. K. 羅琳在找到出版社簽約之前，《哈利波特》曾經慘遭十二家出版社退稿，還有人佛心勸她「別辭掉工作」。誰知道，《哈利波特》品牌目前的估值有 150 億美元。約翰・葛里遜曾經被至少十六家出版社退稿，結果他後來寫出十多本年度最暢銷小說。[2] 詹姆斯・派特森當年想出版他的作品，卻屢遭拒絕；而在 2010 年，他的三本小說合計售出 350 萬冊。凱瑟琳・史托基特一共被六十位經紀人回絕，才終於找到有人願意代理《姊妹》，結果這本小說一上市就在《紐約時報》暢銷書榜蟬聯了一百週。不必懷疑，現在一定還有很多境遇類似的作家，他們的作品被扔在紐約或倫敦出版社辦公室裡，埋沒在其他未出版的書稿之中。

　　任何一個能和讀者或作家圈沾上邊的人，總會有某個朋友的朋友，他也許會花上好幾個月，每天凌晨四點起床，利用上班前的時間寫小說；也許會在看完一部殺手小說後靈感乍現；又或許他信手拈來便珠圓玉潤；或許他已經把稿子寄給紐約市各大出版社，既期待又興奮，結果收到的卻是制式退稿信。

　　這些朋友的朋友都還沒碰過真正的毒舌。有位編輯在讀完《冷戰諜魂》的手稿之後，表示約翰・勒卡雷想當作家絕對沒前途。威廉・高汀的《蒼蠅王》被退稿了二十一次。經典作品《在路上》也難逃批評，曾有一位經紀人寫信給傑克・凱魯亞克：

2　出版界雜誌《出版者週刊》每年都會根據當年度銷售量推出書籍排行榜。

「我一點都不想看這本書。」娥蘇拉・勒瑰恩被退稿的理由是「根本看不下去」，結果這部根本看不下去的小說連續獲得兩項大獎。就連喬治・歐威爾的中篇小說《動物農莊》也被退稿，而且拒絕出版這本書的正是後來拿到諾貝爾文學獎的詩人艾略特。《動物農莊》雖被奉為政治諷刺文學經典巨作，但在當年大文豪的眼中卻是「毫無說服力」。

要不要出版一本書是個大學問。而這一行就是在說故事，想要準確預測誰能大紅大紫，就得推敲數十萬不同讀者的情感與自我。這可不容易，而決策背後的理由聽起來往往都很有道理。舉例來說，拒絕《龍紋身的女孩》的美國編輯（我們真的採訪了其中幾位）認為，美國讀者才不會對瑞典政治感興趣。以女主角的設定來說，莎蘭德有點陰晴不定而且好鬥善戰，書中還有許多殘暴情節，不但有強暴和肛交，莎蘭德還拿著紋身針頭一心尋仇。編輯相信，主流市場的讀者不會喜歡這些東西──他們會有這種反應也是情有可原。

難怪有些編輯在掏心掏肺的時刻會坦承，要預測哪本書會大賣，只能舔舔手指舉起來測風向，要不然就得去膜拜收入最高的那些出版人藏在辦公桌底下的神祕水晶球。除非作者已經享譽盛名，否則選書根本就和賭骰子一樣。

有時候一本書的外在條件可以幫助判斷，舉例來說，某本書的作家已經是好萊塢女神，而書的內容就是在講她的性生活。這種書再怎麼想都十拿九穩，但我們還是看過出版社在付出巨額預付版稅之後，把印出來的書都拿去打成紙漿。我們只能說，世事

無常啊。

　　通常，每一位經紀人和出版人都會努力去瞭解大眾圖書市場。出版界流傳著一則軼事：紐約某大型出版社的前任執行長被要求預測下一本暢銷書並為它取書名，他的回答是「林肯總統的醫師的狗」——這本書簡直八面玲瓏，絕對不會失敗，它囊括了受人景仰的總統、社會大眾對於健康的偏執，甚至連美國人最喜愛的寵物都出現了。這個回答當然只是諷刺，但後來竟然有兩本書都以此為名，不過銷量都很糟。

　　文學教授約翰・蘇瑟蘭（John Sutherland）有兩項研究都以暢銷書為題，其中一項的結論是：「暢銷書的定義就是銷量最好的書，沒別的意思。」他又鄭重地補充道：「要從暢銷書裡找出明顯的模式、潮流或雷同，根本沒有意義，充其量只能說是自討苦吃。」這個評斷既誠懇又公允，應該是他說了就算。但是當電腦開始有能力讀書之後，一切都大為不同了；電腦對暢銷書的預測，精準到讓人瞠目結舌。

為了對書籍的熱愛

　　讓我們回顧那些屢遭退稿但是後來家喻戶曉的作家。我們的電腦模型認為羅琳的暢銷指數有 95%，葛里遜有 94%，派特森有 99.9%；預測的準確度應該已不證自明。但是電腦模型卻沒料到史托基特的《姊妹》會暢銷。我們的電腦有 15% 的機率會誤判，《姊妹》就是其中之一，它的暢銷指數只有 50%。電腦在深

入閱讀之後，認為《姊妹》的文字風格很適合美國讀者，主題也很好，但描述情緒的語彙和刻意使用的動詞不符合其他暢銷書的模式。這本書出版之後引起廣大迴響，原因是白人作者竟能如此熟悉黑人角色的方言和用字。

　　你可能很好奇，優秀稱職的編輯已經很會選書了，為什麼還要開發一套電腦模型來做編輯的工作呢？或許有了這套模型，羅琳的作品就能早點問世；或許葛里遜就可以靠《殺戮時刻》拿到更高額的預付版稅。但這又如何？終究，這些作家還是出名了。編輯原本對《姊妹》沒什麼信心，電腦模型也同樣預測不出來。所以這麼做到底有什麼好處？

　　這個嘛，我們想預測哪本書會大賣，並不只是為了錢。當年如果有這套模型，羅琳、法蘭岑（98.5%）和黎安・莫瑞亞蒂（99.6%）或許就能早點出版他們的作品，這個想法令人著迷。我們認為，各種關於人類與機器合作的討論確實很重要，尤其是在創作領域裡。出版業現今飽受威脅，若我們有機會發掘出更多受讀者喜愛的小說，或許能讓產業繼續欣欣向榮。說得更務實一點，我們想發掘新作家，想鼓勵出版社把花在老作家身上的錢拿來栽培年輕作家，因為總有一天後浪會推前浪。我們希望所有作家，不分寫作資歷，都能得到更多資訊和幫助。有些有潛力的新秀想出版卻沒有門路，我們希望能將他們的作品介紹給讀者。

　　正因為電腦模型不在乎你有沒有出過書、有沒有拿過藝術創作碩士學位，也不管你是西班牙裔或亞裔、是男是女、長得正不正、年輕或老邁，所以，我們的工作其實是想讓更多人能接觸到

寫作這一行。或許有一天，你那位朋友的朋友完成了創作，電腦判定暢銷機率高達八成，讓他因此獲得一筆預付版稅，可以辭掉工作專心創作，再也不必每天凌晨四點起床敲鍵盤。

《紐約時報》暢銷書榜是最有公信力的排行榜，我們在本書裡要探討的主要對象就是《紐約時報》暢銷書。我們這麼做也是在公開呼籲所有本書讀者，無論你是學者或小說迷，都可以一起來討論與思考，究竟這些大家都在讀的小說對社會文化有什麼意義。[3]

暢銷書通常不太容易受到重視，因為很多人認為那只不過是消遣，算不上是文學藝術，應該也不需要什麼寫作功力。但如果我們忽略暢銷書，當代文化與閱讀歷史就會缺一大塊。暢銷作家不但可以創造數百萬美元的產值，更可貴的是，他們的作品讓我們願意「閱讀」。他們釋放我們的想像與情緒，鼓勵我們去討論、去思考、去體會；他們讓我們能幻想另一個情景、偷窺主角的心境、逃逸到不同時空。《紐約時報》暢銷書榜上的小說家讓讀者在各地的酒吧裡、列車上、餐桌旁都有討論或辯論的話題。我們期待他們形塑文化的方向、帶我們瞭解這個世界，也期望能

3　不同的暢銷書榜內容也會有所差異，而我們選擇研究《紐約時報》暢銷書榜，是因為它既是文化指標，也是出版業最重視的排行榜。網路上不時會有人批評各種暢銷書榜的統計方法，畢竟沒有任何一個排行榜能把每家書店的銷量都計算進去。不過《紐約時報》暢銷書榜統計了全國 75% 的書店，也整合了尼爾森圖書調查公司的數據。

從他們身上領略品味和思想，讓我們練習表達自己的想法。如果本書能讓讀者在享受閱讀的同時得到全新觀點，就足夠讓我們欣慰了。

讀到這裡，也許你已經感覺得出來，我們兩位作者對書籍和閱讀充滿熱情，研究與教授文學的時間加起來超過五十年，也曾花上好幾年的時間在大型出版社工作。我們教大家賞文賞書，也捍衛讀者熱愛或憎恨一本書的權利，當然你也可以又愛又恨。我們曾經替各類型的創作向出版社提案，也幫助過最有潛力的學生和夢想成為作家的朋友寫信給他們的父母、配偶或未來的編輯，解釋為什麼他們得放棄優渥的收入或醫學院的學位，踏入那個宛如嗑藥般不切實際、虛無縹渺的文字世界。我們完全相信閱讀小說與創作小說可以帶來解放現實和教化社會的力量。閱讀是寫作的基礎，而以我們對書籍痴迷的程度，相信你一定會懷疑，我們怎麼會把閱讀的重任交給電腦？

兩種背景

我們的電腦模型叫做「暢銷書量表」，它能有現在的成果，最驚訝的莫過於我們自己了。說實話，這項研究的開始不過是一股憑恃直覺的衝動。我們兩人每日合作，持續四年，最後的結果連我們自己都想不到。

我們兩人的背景南轅北轍。茱蒂原本在出版業，熟悉當代小說；而馬修的專長是文學和一個剛萌芽的學術領域叫「數位人

文」（digital humanities）。

　　一切都是從這裡開始的。茱蒂為了在史丹佛大學攻讀英國文學博士而離開企鵝出版社，辭去選書編輯的工作。她在出版業工作的這些年，心中一直有個疑惑未曾解開：小說暢銷的理由是什麼？其他一些相關的問題也同樣值得深究：讀者想看的是什麼？在當代文化裡，大家為什麼要讀小說？

　　茱蒂剛進入企鵝出版社時，曾經在業務部工作。她有時會利用午餐時間去辦公室附近的大型書店巡查，確認店家已確實將書擺放至公司先前砸錢買下的特別陳列位置。出版社付錢給書店為書買下最醒目的位置和擺放方式，這是很常見的行銷手段，並不是什麼業內機密。舉例來說，有些書店會把進門第一張桌子最前面的那一排賣給出版社，或是收錢幫出版社把書架上的書籍封面朝外。這些做法據說都可以刺激銷量。當時《達文西密碼》正永無止境地蟬聯暢銷書冠軍，讓茱蒂每次巡店都再次見證了丹・布朗的小說已經征服天下，書店裡那個又藍又大的「第一名」告示牌就是鐵證。

　　幾個月後，就算其他出版社砸重金為新書搶下最好的陳列位置，或是把自家作者打造成「下一個丹・布朗」，《達文西密碼》的地位始終不動如山，它空前絕後的銷售數字已經不是光靠行銷宣傳就可以做到。行銷預算不能解釋這本書對全球讀者帶來多麼強大的吸引力，也不能說明這本書為何可以狂銷八千萬冊。這樣的盛況不可能全是靠炒作出來的，在行銷以外的地方、在小說的字裡行間，這本書一定有它極其特別之處。

　　如果說行銷和公關不影響銷售，這話也未免太愚昧。當然會有影響，這也是為什麼大約 80% 的暢銷書都是來自五大出版集團，就是因為他們財力雄厚；但如果說行銷預算完全可以決定銷售，這話也同樣愚蠢，因為反例實在太多。有很多書砸大錢卻賣不好，也有很多書是作者自費出版，沒花什麼錢行銷，只靠口碑就暢銷起來。

　　《格雷的五十道陰影》先是以電子書的形式出版，後來一間毫無行銷預算的出版社才開始用按需印刷的方式推出紙本。威廉・楊自費出版《小屋》時還得靠信用卡貸款，唯一的行銷就是花 300 美元建一個網站，但這本書的銷量到現在已超過千萬冊。馬克・丹尼利斯基實驗性地在網路上發表了《書頁之屋》（House of Leaves，暫譯）；克里斯・衛爾原本自費出版《吉米・科瑞根：地球上最聰明的小子》，後來竟成為圖像小說新浪潮中最富盛名的作品。他們兩人都不依循傳統出版途徑，卻贏得銷售佳績與佳評。事實上，這樣的例子不勝枚舉，證實了「行銷」並不足以解答為什麼暢銷小說可以有幾百萬名讀者，有些小說卻乏人問津。

　　馬修當時是史丹佛大學的講師，也是「文學實驗室」的共同創辦人。就在茱蒂向馬修請益小說暢銷的原因後，答案才逐漸明朗。

　　2008 年，馬修完成了一項爭議十足的研究：他用電腦判讀宗教書籍《摩門經》的作者文風。過去有人主張《摩門經》是由多人共同著作，而電腦分析的結果認為這個說法極可能屬實。此外，有一項關於《摩門經》起源的理論曾遭教會駁斥，但馬修的

研究竟提供證據支持這項理論。電腦分析的結果終究沒有定論，但這份研究掀起軒然大波，楊百翰大學的摩門教學者甚至還撰文反駁，可見用電腦進行文本分析是多麼具革命性的一件事。

　　這場以「作者分析」（authorship attribution）和「文本計量分析」（stylometrics）為主題的研究，讓馬修相信電腦可以幫我們看到很多人類會忽略的細節。馬修做了更多研究後發現，電腦程式可以從簡單的定冠詞「the」與介係詞「of」判斷出作者性別，而且準確度高達 82%。馬修並非發現男女作家有不同文字風格習慣的第一人，但是他的研究範疇專限於十九世紀的小說。他後來還發現，他的電腦光靠定冠詞「the」就能明確辨認作家是美國人還是英國人。

　　對此，茱蒂的反應大概就是：「那又怎樣？」電腦能從文字判斷出作者是英國人或美國人，的確是挺了不起的，可是這個命題一點也不重要，打從一開始就不需要回答。除非電腦能破解真正的文學問題，否則她不會相信電腦閱讀與預測的能力。另一方面，茱蒂對於當代暢銷書抱持著熱情，但馬修卻顯得興致缺缺。他覺得暢銷書讀起來很過癮，但看過就忘了吧。他要茱蒂先說服他，暢銷書裡絕對有值得挖尋的金礦。

　　那已經是很多年前的事了，從那之後，我們兩位作者就開始合作。我們假設暢銷書都暗藏著一組獨特而微妙的訊號，姑且稱之為「暢銷書密碼」。與其瞎猜哪本書會賣，我們的想法是，或許讀者已經在不知不覺中解開了這些密碼。暢銷書榜看似五花八門，但它是讀者每週集體公投的結果，反映了讀者的喜好。所以

我們能不能從暢銷書榜學到什麼？我們的電腦能不能在雜訊中淘選出有意義的訊號？這些成功吸引大眾注意的小說，不論是大學課堂裡的指定讀物或海灘日光浴的隨身讀物，它們之間有沒有共同點？

如果這些答案都是肯定的，那我們或許就能找到暢銷書密碼。如果真能如此，出版界長期認為暢銷書無法預測的觀念就顯然錯了；我們也許真的可以開始預測暢銷書。

於是我們開始教電腦閱讀。

電腦怎麼讀書？

電腦當然不會閱讀，至少和你閱讀本書的方式很不一樣。不過電腦可以用處理程式語言的方法讀書，它們先「看書」（也就是先接收資料），再把資料區分為人類所謂的意義單元，像是字母、標點、字詞、句子和章節等。所以電腦的確能模仿人類閱讀，而且訓練過程愈嚴謹，理解程度就愈擬真。而人類讀者和機器讀者的差別在於，人類知道他們閱讀的內容有意義。話雖如此，電腦的閱讀方法卻能讓我們更接近小說描繪的細節，就連閱書無數的文評也甘拜下風。那是因為電腦擅長辨識模式，而且可以大規模處理模式和細節，但人類卻沒有辦法做到。

大家想想我們的研究初衷：暢銷書到底能不能預測？想做預測，就要先剖析過去重複發生的模式。除非你會占卜，否則預測未來靠的是熟悉歷史。一般來說，在字裡行間尋找有意義的模式

是文評或學者的工作。著有《千面英雄》的神話學者坎柏（Joseph Campbell），傾其一生研讀世界各地的故事，還刻意訓練他的眼睛去辨識這些故事的相似之處。他可是辨認模式的大師，但儘管如此，一個人一輩子能做的終究有限，不論是閱讀的數量或觀察的細膩程度。辨認模式既要看微觀的細節，也要看宏觀的趨勢，而人類在這兩個面向都有規模上的限制。

我們也很佩服克里斯多福・布可（Christopher Booker）的毅力。他花費三十年、閱讀數百本書，就是為了發展他的理論：所有文學作品和故事都脫不了七種基本情節。或許他花了四十年、讀了一千本書，又或許他比我們都還會記憶書中內容；但幾部經過訓練的電腦，可以在一天之內就讀完數千本小說、消化完數千筆資料，並且完全不放過任何人類可能忽略或習以為常的蛛絲馬跡。

舉個例子吧。我們在閱讀的時候，尤其是受過訓練、擅長捕捉細節的讀者，都會注意到作者使用了哪些形容詞。但我們大概不會注意到名詞和形容詞之間的比例，這個比例代表了作者有多常使用形容詞去描述一個名詞。電腦可以輕易找出這種資訊，讓我們更清楚作者的敘事方式與風格。電腦不僅可以縝密搜索，還可以比較這本書和另外上千本書的差異。如果電腦發現暢銷書裡形容詞與名詞的比例偏高或偏低，那這個寫作特徵就很重要了。

下次你找書來看的時候，不妨做個實驗，別管朋友的推薦也不要執著於熟悉的作者和類型，試著連續一週都只看《紐約時報》暢銷榜上的書。如果你讀得夠仔細，你就會變得有點像我們

的電腦，不論是文學作品或大眾讀物、男性書籍或女性書籍、明星作家的小說或普立茲獎得獎作品，你都能開始看出各種書籍之間意外的共同模式。

有些模式可能會讓你很驚訝，譬如說，你會納悶為什麼女主角通常都是二十八歲。這重要嗎？你可能會問自己：如果一本小說長達 400 頁，作者是不是刻意把第一場床戲安排在第 200 頁？如果全書只有 220 頁，那第一場床戲則會落在第 110 頁。如果真是這樣，為什麼？你可能會和朋友討論，小說若有一個吸引人的開頭卻沒有一個讓人滿意的結局，銷量會不會受到影響？搞不好你還會覺得這些分屬不同類型的暢銷書有太多潛在的共同點了，根本可以自成一派。

有趣的是，讀者在不知不覺中對這些模式很有感覺。「文學神經科學」（literary neuroscience）是一門新興的研究領域，學者利用核磁共振來掃描測試對象在閱讀時的腦部活動。這項認知心理學的研究是為了瞭解讀者閱讀的時候都在注意什麼。儘管這和我們的方法差很多，但兩種方法都認為，人類對讀物的反應來自於哪些字、用哪種方式排列、出現在哪些句子裡。是字句的組合觸發了讀者的反應。

因此，讓電腦閱讀小說的技術一點也不反傳統，並沒有違背我們慣用的文評方法。事實上，電腦可以「觀察入微」，對各種寫作特徵進行擷取分析，這和傳統研究所使用的方法大同小異。只不過，電腦讓我們有機會從文本當中挖掘出前所未見的深入洞見。

教電腦閱讀與擷取資訊的方法很多。[4] 我們寫了各種程式和演算法,可以從書裡擷取詳細資訊,包括每一本書的風格、主題、人物、情緒起伏、場景設定,還有各式各樣看似無關緊要又難以歸類的語言資訊。

寫作書和小說課都經常到小說的幾個重要元素,如主題、情節、寫作風格等,若要從這些面向來分析暢銷書,電腦就需要數百種原始資料,比方說,作者用了多少次的「a」、「the」、「in」和「she」?句號和驚嘆號出現的頻率為何?作者多常用到副詞,使用得是否準確?這些小小的細節其實對讀者有不小的影響。想想夏綠蒂‧勃朗特在《簡愛》裡的這句話,就可以看出代名詞有多重要:

讀者,我嫁給他了。

電腦偵測到「他」這個字,也注意到「他」和敘事者「我」在句子裡靠得很近。此外,電腦也發現「我」和「他」在愈來愈多句子裡同時出現,而且彼此間的距離愈來愈近。當然,讀者也會注意到這件事。許多故事的重點不就是要讓「我」和「他」在一起嗎?要把兩者連在一起的最佳動詞不就是「嫁給」嗎?往往,這就是讓我們一頁又一頁不停讀下去的理由。

4　詳見後記。

　　問號和驚嘆號也提供我們很多資訊。你可能記得高中老師教過，驚嘆號用得愈少愈好。如果每個句子都在尖叫（我的天！），或每句對話都是命令（不准動！），或嘶喊（啊！），或一直發現夜裡不寧靜（砰！），那你的讀者可能會心臟無力。驚嘆號的使用可以讓我們看出一本小說的聳動程度以及作者的寫作功力。同樣道理，出現問號經常代表著有對話發生，如果在好幾頁的敘述文字裡都沒有出現問號，會讓讀者閱讀的速度和興致都降下來。而這些屬於作者個人風格的微妙寫作習慣，都會在第四章討論到。

　　我們剛開始研究的時候，擷取了超過 20,000 種寫作特徵，驚嘆號和「他」只是其中的兩個。我們每一種都認真研究，有些特徵讓我們看出風格，有些讓我們更理解情節和故事設定，還有一些讓我們瞭解小說的題材。但並非所有特徵都可以用來判斷小說的暢銷指數；有的小說甫上市即銷售一空，有的小說即便寫得很好，卻銷售平平，到底差異何在？

　　我們發現，數字的使用不太會影響銷售成績，例如 911、1984、867-5309、$1,000,000。作者在小說裡有沒有用到數字，或使用數字的頻率高低，都不會造成影響。同樣地，我們花了很多時間，訓練電腦準確判斷《穿著 Prada 的惡魔》場景設在紐約，《控制》則是從紐約開始，最後到了密蘇里。但其實地理場景設定對銷量的影響也不大（除了少數例外），以紐約為背景的冷門書和暢銷書一樣多。當然，有很多超級暢銷書都是以紐約為背景，隨便舉幾個例子就包括了希維雅・黛的《謎情柯洛斯 I：坦誠》、湯姆・沃爾夫的《走夜路的男人》、詹姆斯・派特森的《匆忙》

（The Quickie，暫譯）以及薩佛蘭・佛爾的《心靈鑰匙》，但這些都只是剛好，寫紐約不見得真的會大賣。

　　到最後，我們去蕪存菁，從 20,000 種寫作特徵中篩選出 2,800 種，這些特徵對於小說暢銷程度有較顯著的影響。我們在訓練電腦閱讀並擷取寫作特徵之後，又用另一套電腦程式來分析暢銷小說潛在的共同模式。我們在分析階段所使用的方法稱做「機器學習」（machine learning）。在文字探勘的領域裡，我們往往利用文本之間的相似處來做分類。舉例來說，我們想分辨垃圾郵件和一般郵件，而通常垃圾郵件都有些共同點，像錯別字、商品名稱不斷出現等，我們便可依此寫出一套程式來檢測一封電子郵件是不是垃圾信。

　　我們將小說分類的方法其實和過濾電子郵件很類似。假設我們想預測一本沒有看過的新書會不會暢銷，而我們已經握有很多暢銷書（非垃圾郵件）和冷門書（垃圾郵件），我們就可以把這些書都匯入電腦，並訓練電腦根據顯著的寫作特徵去辨識這兩種書籍。我們在做的就是這些事。我們用了三種不同的分類方法，最後把結果平均起來，發現電腦不但可以預測一本新書能否暢銷，準確度還高達八成。[5]

5　我們 2008 年在史丹佛大學進行第一批實驗，首度面對了讓電腦判識暢銷書的挑戰。我們當時的研究書目有 20,000 本小說，但可以分析的寫作特徵卻不多，只有 505 個。龐大的研究書目當然有利於分析，但我們當時的書種偏向早期作品，以十九世紀小說居多，而較近期的作品又以言情、科幻和奇幻為主。儘管

　　平均準確率八成的意思是，如果你隨機選擇近期五十本暢銷書和五十本冷門書，其中的四十本暢銷書和四十本冷門書可以被電腦準確判斷。當然，這也代表，我們的電腦會誤把十本暢銷書當成冷門書、十本冷門書當成暢銷書。

　　當我們進行上述一連串測試的時候，電腦很確定《傲慢與偏見與殭屍》不會暢銷。結果呢，大賣了。我們的電腦看走眼了。當然，這本書的出版時機正好，當時只要提到珍·奧斯汀就一定會獲得市場矚目（現在也是），而且殭屍電影正大受歡迎。顯然，書名對這本書的銷量影響遠超過其他書。另一方面，電腦也推薦我們去讀了不少冷門書，但那又是另一段故事了。

我們的承諾

　　我們兩位作者在討論小說的時候，總隱隱覺得作者和讀者之間有一份默認的契約。儘管契約內容曖昧不明，但作者需要履約，從美學、情感、思想和道德等面向給讀者一個看書的理由。我們在訓練電腦模型去偵測主題、情節、風格與人物前，就已經深入思考過讀者對作者的期待了。

如此，我們的成果還不錯，判別準確度可達 70% ～ 80%。後來為了本書的研究，我們重新挑選研究書目，讓作品年代更新、類型更多元。新的研究書目雖不到 5,000 本小說，但種類多樣，除了傳統紙書，還加入了一部分的電子書，當中曾經登上《紐約時報》暢銷書榜的小說有 500 多本。

　　這份默認的契約有很多隱晦的條款。舉例來說，如果你寫的是懸疑小說，你最好布置一兩具屍體，而且你得很擅長寫出令人心跳加速的場景。如果你寫的是言情小說，你的故事最好從單身走向有情人終成眷屬。不管你是哪個類型的小說家，除了那種滔滔不絕也不令讀者生厭的罕見奇才以外，你大概有 350 頁的篇幅可以帶我們遊歷另一個世界。讀者對作者的期待就是這麼多，所以當作者沒有履約的時候，《好讀網》上面就會充斥著心碎的聲音或惡毒的留言。

　　既然如此，親愛的讀者，我們就來把這本書的合約說清楚。以下是我們的承諾：

1. 冠軍書電腦嚴選

　　我們的文化對排名很執著，就連出版界也不例外，而這不只是針對暢銷書排行榜而已。光是這一年，報章雜誌和大型書店就發展出各式各樣的榜單，像是「熱門小說裡最美麗的場景」、「十本最具影響力的書」和「最想和他交往的小說人物」。《好讀網》的讀者合力編纂了各種書單，主題包羅萬象，像是最好看的外太空小說、最有人氣的日本小說、超級英雄系列書單、最催淚書單等。面對成千上萬的書單，大家在幫書籍排列名次的時候總是很雀躍，爭執的時候更是據理力爭。當然，究竟是達西先生還是格雷總裁比較適合當男友，關於這點每個人都很有話要說。

　　別以為我們躲得掉這種開書單的遊戲，所有的愛書人都常被

問到他最喜歡的小說是什麼。每當有人這麼問的時候，如果你回答「我喜歡的書很多，不知道要挑哪一本」，那你就死定了，你們的對話肯定會就此結束，而且對方再也不會把你當作一名認真專業的讀者。光憑這句話就足以澆熄對方眼中的火花。所以我們也只好加入這場搖擺不定的遊戲，因為我們活在一個重視排名的世界裡。第一名很重要，《紐約時報》暢銷書榜的第一名和第十名就是不一樣。或許是因為當代世界提供了太多選擇，我們從心理上到文化上都有一股強烈的需求，想要選出冠軍、國王，甚至神。凡事都得有個第一名。

我們在本書最後會提供我們的書單和「冠軍書」，那是電腦模型從過去三十年來的兩萬本小說中，精挑細選出來的典範級暢銷書。

2. 絕無人為介入

我們的第二個承諾是，電腦挑選冠軍書的過程絕無任何「人為」介入。我們打從一開始就同意，我們不會去挑書，只會去解釋電腦的選擇。老實說，儘管我們知道這位作者的其他作品，但我們在電腦選書結果出爐以前，都沒有看過這本冠軍書。當然，結果一出爐，我們就立刻從書架上把它找出來，並先後看完這本書，然後看著意外卻諷刺的巧合哈哈大笑。很多讀者喜歡看完第一頁就直接跳到最後一頁去看結局，但我們建議你，不要急著去查冠軍書是哪一本，一章一章慢慢看，每一章都會解釋「暢銷書

密碼」的一小部分。

3. 寫作沒有公式

　　本書不是寫作指南，我們也不保證你看完以後就可以寫出暢銷小說。你一定會在本書裡發現很多小說寫作的技巧，如果我們自己要寫暢銷小說，絕對不會忽略掉這些細節，也一定會在投稿前讓電腦先分析暢銷指數。不過，有一句老格言說：「好的寫作技巧無法傳授。」而本書最美妙的地方，就在於我們賦予了這句話新的意義。這才是我們想談的，而不是要教你寫作。

　　幾乎所有的寫作指南都提到了寫故事的學問，像是如何寫出更好的風格、人物與情節。我們也一樣，希望本書能帶你深入剖析暢銷書的基因，超越人眼所能觀察的範圍。所以，當你再次看到才華洋溢的作家冒出頭，你會知道箇中的原因。但是本書不會給你一套寫作公式。本書會告訴你暢銷書哪裡寫得好，但是你沒辦法複製，就像你不可能切下亞當・強森的指紋，貼在自己的手指上去敲鍵盤。

　　這或許聽起來很惱人又很老派，但我們仍然相信，如果你想成為暢銷作家，你得先運用各種工具去理解小說。在這個學習過程中，如果我們能幫上什麼忙，讓你成為暢銷小說家，我們很樂意聽你分享。我們會買你的書，而且一定會拿去做文字探勘分析。但如果你讀這本書是為了獲得小說寫作的公式，那請不要來信抗議，我們這裡沒有。減肥沒有特效藥，寫小說也沒有。

4. 不談演算法

　　這本書也不談演算法。我們會詳盡地報告用演算法分析得來的結果，也會簡介研究方法的原理，但如果你想更瞭解機器學習、文件檢索和自然語言處理，那你選錯書了。關於這些主題的書很多，但我們在這裡想要探討的是書，特別是暢銷書。我們希望《暢銷書密碼》可以讓你再度思考自己身為讀者或作者的價值、閱讀或創作小說的目的、你喜歡或討厭的作者，甚至是人類與機器的關係。

　　我們會提供並解釋我們的各種分析結果，讓你知道電腦在什麼情況下能準確找出暢銷書、什麼情況下會誤判；我們也會告訴你電腦教了我們哪些事情。但我們的重點是《控制》與《金翅雀》等書，而不是「主題模型」或「命名實體辨識」等方法。這些只有圈內人才懂的研究方法會出現在書裡，只是為了讓讀者知道我們做了哪些研究，而我們的研究工作得靠這些工具才能完成，但它們就只是讓我們寫出這本書的工具而已。這個道理就像是，畫家的天職是用畫筆作畫，而不是替畫筆著上顏色。

第 2 章

小說題材組合

再忙也要與你共進晚餐？

當你走進書店，率先入眼的會是一張大桌子，上頭展示了近期新書。現在你大概曉得了，那通常是有人付了錢要你一進去就馬上看到這幾本書。桌上的書包羅萬象，有小說、自傳、食譜，和讓人忍不住想一頁一頁翻下去的讀物。書店裡的其他區域則是按照種類來擺放書籍，如果你愛看小說，那你就會曉得有一區專門擺放經典小說和當代小說，並依作者名字排列；小說下面再另外分類，例如言情小說和科幻小說。我們都很習慣書店和圖書館裡的規畫方式，所以找書幾乎變成一種本能。

無論是連鎖書店或網路書店展示書籍的方法，都反映出大家相信，一本書對讀者來說最重要的部分就是：這本書在寫什麼。整個圖書產業都圍繞著這個想法來發展。按照傳統的方式，每一本書都會依照「書業標準與通訊分類法」（BISAC）得到一個或數個分類代碼。這些代碼是由美國書業研究會負責設計，數量多達上千種，光是小說類就有 152 種。分類代碼會影響一本小說在書店裡被分類、陳列和銷售的方式，而且類別竟然細到有「與維京海盜相戀的古裝愛情小說」。

對於讀者來說，小說裡還有很多其他重要的面向，像是圓滿結局、催淚情節、故事發生在東京，或主角是公主等，但出版業並沒有一套系統對此加以分類。而出版業也沒有發展出任何分類法來顯示一本書的作者風格是屬於海明威的極簡主義，還是大衛·華萊士的極繁主義。根據書店的分類，你也沒辦法曉得主角

是男是女、是老是少，這個故事發生在倫敦還是香港。

　　對讀者來說，知道這一本書在寫「什麼」是最重要的，這麼說一點也不為過。如果你要推薦一本書給朋友，或如果你是作者，而你正在向別人介紹你的書，你碰到的第一個問題很可能就是：「這本書在寫什麼？」除非你在寫傳記，否則很少人會問你這本書在寫誰、故事發生在哪個地方、哪個年代。通常大家最感興趣的就是題材。所以我們自然就想知道：最受歡迎的題材是什麼？

　　關於這點，我們的電腦認為有幾種題材很受歡迎，其實暢銷作家也都曉得。驚悚大師史蒂芬・金在《史蒂芬・金談寫作》裡，暢談寫作功力如何養成。大師建議有志成為小說家的人去寫自己熟悉的題材，並融入個人生活體驗、朋友、人際關係、性愛與工作。尤其是工作，大家都喜歡看到職場裡的吉光片羽。天曉得職場生活為什麼這麼受歡迎，但讀者就是愛看。史蒂芬・金的觀察很引人好奇，也道出了我們的閱讀文化，而我們的電腦模型在這件事情上或多或少同意了大師的觀點。

　　但若論及小說裡的人際關係，史蒂芬・金就顯得太過保守。談到小說裡的性愛，電腦模型說大師實在錯得離譜（晚一點我們會回來討論這個問題）。不僅如此，史蒂芬・金還在書中建議讀者，「外太空的水電工」其實是個不錯的角色設定──如果你把這句話當聖旨就慘了，千萬別去寫這個故事。

　　當然，史蒂芬・金的文筆一如往常充滿魅力，除了能言善道之外，他對小說題材的觀察其實和其他作家一致。不過說到底，

大師的建議也幫不上什麼忙。這位百年來最暢銷的作家針對文學作品的題材做出評論，而他的評論點出了他的兩項信念：

第一，他在書裡這樣說：「小說家或出版社，其實都不太清楚自己在幹嘛——不知道暢銷的小說哪裡好看，滯銷的小說哪裡難看。」這句話應該只是大師的自謙而非事實。但是作家靠的是創意，為什麼需要透過統計分析來解釋讀者主觀的好惡？又為什麼需要知道哪些題材該用什麼樣的比重調配，才能擄獲全世界的讀者？

第二，大師認為，作家若在創作之前就先預設哪個主題會大賣，這樣的心態在道德上站不住腳。這句話可能也是大師自謙，未必真是如此。市場上有這麼多收入高達數百萬美元的作家，很難想像他們都沒有考慮過要寫哪些主題讀者才會買單。再者，這些作家都拿到了巨額的預付版稅，作品得要賣出一定的數量才能滿足出版商的期待。所以大師的這番話有點不太公道，好像更瞭解哪些題材能賣、更知道如何吸引讀者就有道德瑕疵。

不過，本書要談的不是作家在道德上的對錯，或是小說的好壞，也不是要建議作家哪些題材比較值得寫。我們會讓創作者自己來決定創意的道德界線，讓文評來評斷小說的好壞。既然我們的工作是研究文學作品，我們就要提供新的解釋、挖掘隱而未現的真相，並為過去隱晦的道理提供明證。既然要討論文學作品的「主題」，我們就要先區分「主題」和「題材」的不同，還有這兩者如何共同創造出小說這門獨特的藝術。

為何閱讀？

　　回想一下高中生活，老師在文學課裡要求你讀的第一本小說可能是《梅崗城故事》或《蒼蠅王》，而你必須要學會區分「主題」和「題材」的不同。你的老師可能會要求班上比較敢發言的同學來回答威廉・高汀的《蒼蠅王》在講什麼。我們兩位作者的老師都曾這麼做（這是我們共同的回憶），而且這感覺好像在回答陷阱題。嗯，我們都曾嘗試回答過。

　　這本書講述一群小學生被困在熱帶無人島，然後這群小男孩如何分工合作、險中求存，最後組黨結社，其中一派還殺戮成性。這本書的題材是：「英國男孩」、「無人荒島」、「狩獵求生」、「搭建帳棚」等。但老師要我們看得更深入，他們要我們看出小說還有一個更「大」的主題潛伏在字裡行間，不只描繪人性，更可能是高汀想和讀者溝通的訊息。

　　經過思考，我們會發現《蒼蠅王》裡的種種題材加總起來其實是在探討「天性與教養」、「善惡」、「友情」，或者「人類若沒有秩序約束究竟會發展出文明還是暴力」。如果你在英文課堂明白了這一點，你可能會拿 A。但如果你還能說明高汀如何選擇題材、如何重複運用常見的名詞帶領我們去參透他想呈現的人性，你就可以拿到 A+。

　　再更深入想想，你為什麼要看這本你正在看的小說？出版業向來認為你是為了一本書的主題而閱讀，這個答案好像很合理。但如果你認真去想，就會發現事有蹊蹺。如果我們問：「你最想

在小說裡讀到什麼？」你可能會說犯罪、戰爭、性愛或釣魚。讀者在挑選非小說時更為明顯，他們會根據特定題材去選書，其中以美食和商管最受歡迎。但很多小說讀者認為他們不是用這種方法選書，當我們問：「你為什麼會挑選這本小說？」他們會答：

「因為它在講納粹大屠殺。」

「有人說這本書很療癒。」

「聽說作者很厲害。」

「史蒂芬・金的每一本書我都看。」

也有人專挑文學獎得獎作品來讀，他們會說：「我想看最新普立茲獎得主亞當・強森的書。」還有人會因為要去巴黎度假，便刻意挑一本以巴黎為背景的書，或是因為剛經歷分手所以想看一個傷心欲絕的愛情故事。當然最常見的理由還是：「因為這是《紐約時報》暢銷書」。

我們知道題材並不是讀者看小說的唯一理由，但它會影響到一個故事發展的各種可能性，也會影響到一本小說賣座與否。為此，我們在本章會專門討論「題材」，並讓大家看看電腦如何分析「題材」對暢銷小說的影響。

小說其實是文字排列組合出來的。你可以把語言想像成積木，而文字就是堆積木的元件。語言的元件有各種不同的名詞，而作者可以利用名詞的選用和組合，建構出他想寫的題材，再透過題材的組合來傳遞主題。每個作者在這個「堆積木」的過程中都會發展出不同的模式，而文字探勘技術可以幫我們尋找、探索與理解這些模式。

　　主題和閱讀體驗之間的關係很容易描述。你可以想像有眾多女性讀者對言情小說情有獨鍾，有的人經常閱讀言情小說，有的人甚至幾乎只讀言情小說。這樣講一點也不誇張，因為言情小說的讀者群真的很龐大。我們去年參加《浪漫時代雜誌》論壇遇到很多死忠粉絲，她們發重誓說她們每年可以讀完三百至五百本言情小說。這到底是怎麼辦到的？我們也不知道，但這些女粉絲消費言情小說的超能力並不是本章重點。重點是，她們翻閱言情小說的樣子就像是在猛吞巧克力，表面上是一種選擇或對同類題材的輕微上癮，但其實她們不見得是根據主題來選書。

　　沒錯，我們希望在言情小說裡看到主角之間的關係和愛情，而這也是言情小說作者必須對讀者履行的承諾。但言情小說的內容包羅萬象，根據 BISAC 分類代碼還可以細分出：愛上吸血鬼、愛上蘇格蘭人、都鐸王朝的愛戀、運動主題的愛情、中古世紀羅曼史、情慾羅曼史等，族繁不及詳載。儘管內容五花八門，但這些讀者都是透過閱讀來獲得某種體驗，只不過他們的閱讀體驗多半以「愛情」等抽象主題為主，而非其他更小眾的題材如「西部牛仔」。畢竟，只要主角夠帥氣夠瀟灑，誰在乎他是吸血鬼或獸醫呢？

　　我們既然想要瞭解一本書為何暢銷，就不能輕視題材與讀者體驗之間的關聯。除了言情小說之外，我們也不能忽略驚悚小說。對於任何想要認識當代小說世界的人來說，這兩個類型非常重要，因為它們的產值最大。在《紐約時報》暢銷書榜上，驚悚小說似乎更有影響力，尤其是精裝書。另一方面，作者自行出版

電子書的風氣愈來愈盛，而言情小說的讀者和作者便撐起了電子書市的半邊天。這個現象的背後成因繁多，足以再寫一本書：搭電車通勤的讀者喜歡在手機上閱讀香艷刺激的小說，但犯罪小說就要看紙本；閱讀犯罪小說的男女比例各半，但言情小說的讀者幾乎都是女性。

　　不過，根據本書的觀察，言情小說和驚悚小說的題材都會帶給讀者情緒、想像或心境的體驗。舉例來說，驚悚小說的封面如果讓讀者聯想到書裡有「酷刑」、「間諜」、「不在場證明」，那讀者很可能會買單，因為他們喜歡感受在虛構世界裡被威脅、被追殺的情緒體驗。想當然爾，驚悚小說若無法讓人害怕或緊張，就很難成為這類小說的代表作。驚悚小說如果在講釣魚或設計衣服，打從一開始就很難讓讀者感興趣。就像言情小說的讀者想要愛情，驚悚小說就應該帶我們進入犯罪場景。重點很清楚：如果我們想瞭解文學作品裡有什麼題材會成功，我們就要先想想這個題材能為我們創造哪些體驗，還有我們希望能得到哪些體驗。這些答案必須要很具體，光是史蒂芬・金所說的「融入個人生活體驗、朋友、人際關係、性愛與工作」還不夠。

　　我們認為，光靠肉眼觀察還不足以帶我們深入分析暢銷書的題材。所以我們決定要打造一個電腦模型，而且也做到了。

　　你可能會覺得，世界上能討論的題材這麼多，最暢銷的題材應該是「性」、「毒品」和「搖滾樂」吧。其實不然，差得遠了。

性、毒品、搖滾樂

性	0.001%
毒品	0.003%
搖滾樂	0.001%

這些微小的數字代表了「性」、「毒品」和「搖滾樂」等題材在我們的研究書目裡出現的比例。這個比例低到嚇死人，但是等我們解釋完你還會再嚇一跳。我們在做計算的時候挑選了五千本小說，其中只有五百本是暢銷書，其他都不是，然後去量測五百種不同題材在這五千本小說裡出現的篇幅占比，「性」出現的比例才 0.001%。但如果你去分析暢銷小說的內容（我們很快就會解釋分析方法），性愛場景出現的比例更是低到 0.0009%。

難以置信吧？誰想得到「性」竟然不是暢銷題材？我們每次講都沒有人相信。事實是這樣的：「性」，或者說得更精確一點，「情慾」，當然是能賣的題材，銷量也很可觀，但是只侷限在某一塊小眾市場。這種書很難引起主流閱讀人口的注意，因此不會成為暢銷書。我們知道你在想什麼：「那《格雷的五十道陰影》怎麼解釋？」這本小說（或這系列小說，如果你把續集也算進去）的確是少數能登上排行榜的情慾小說，我們會在下一章解釋背後的原因；《格雷》的大賣其實和「性」沒什麼關係。

真相和你想的不一樣。性愛場景幾乎占盡電視、電影和媒體的版面，但美國閱讀人口在近三十年來卻偏好其他不同題材的書

籍。這些當代暢銷小說裡的各種題材無不是在暗示：讀者希望書本不要流於愈來愈沒有下限的娛樂發展。

　　但我們是怎麼知道的呢？

　　語言學家約翰·弗斯（John Rupert Firth）早在 1957 年就發現，我們其實是靠上下文來理解每個單字的意思。換句話說，每個單字都必須要連同上下文一起讀才有意義。如果我們將本節標題裡的詞彙拆開來看，有的人可能會把「性」（sex）解讀成「性別」，「毒品」（drugs）解讀成「藥品」，「搖滾樂」（rock and roll）解讀成「海灘嬉戲」。但是透過上下文，你就知道這一節不是在講這些東西，因為這三個字會互相輔助讓彼此的意義更明確、更完整。

　　我們再舉另一個例子：「bar」。它指的可能是「律師資格考」，也可能是菜鳥律師考上後會去喝一杯的「酒吧」，甚至還可以當動詞使用：

> If he goes to the bar having passed his bar exam and drinks too heavily, he may end up being barred and even put behind bars.
> 　　如果他通過律師資格考後到酒吧裡喝個爛醉，他不但會被阻止還可能會被抓去關。

　　我們必須訓練電腦透過上下文和前後句來理解每個字的意義，而這整套訓練其實就是教電腦去理解弗斯七十年前就說過

的道理。這種大量處理並理解文字脈絡的演算法就稱為「主題模型」（topic modeling）。

　　主題模型演算法所使用的數學運算方式相當複雜，但概念很好懂。每一本小說都混合了許多不同的題材，而這些題材會透過單字表達出來，尤其是名詞。一本以「金融」為主題的書很可能會包含「銀行」（bank）、「利息」、「金錢」和「信託」等名詞；另一本關於「釣魚」的書可能會提到「河岸」（bank）、「溪流」、「魚群」和「草地」。兩本書都用了「bank」這個名詞，但演算法會去辨識前後文裡的其他名詞，並根據從大量文本當中歸納出來的模式，和人類一樣察覺到兩本書裡的「bank」有不同意義。

　　顯然，光是「bank」一個字不足以構成題材，它只是一個名詞，但是當某個名詞持續伴隨著其他金融類名詞出現的時候，電腦模型就已經發現了一個和「金錢」有關的題材。另一方面，當我們發現「bank」周遭都是「溪流」和「魚群」等名詞時，我們就知道電腦發現了一串和「釣魚」有關的詞彙。

　　我們在分析「主題模型」的時候，電腦針對其中一個主題匯出的文字雲如「圖 1」所示。

　　這個題材是關於酒吧，就是你會走進去喝一杯的地方，沒別的意思。酒吧的意思很明確直接，經過文字雲呈現後，每個單字大小不同，愈常和「酒吧」（bar）這個字一起出現的字就愈大。這個結果看起來完全合理，「酒吧」周圍的字是：「酒保」、「調酒」、「威士忌」、「啤酒」。我們可以信心滿滿地說，當電腦發現

圖 1

這些名詞出現在同一頁或前後頁，那作者就是在描寫一間酒吧裡的情景。

　　然而，電腦偵測到的題材並非都像酒吧的例子這麼好判斷，難以判斷的時候就要靠知識和敏銳度。偶爾，作者會在小說裡穿插方言，或是在奇幻小說裡用上自己發明的語言。像是安東尼‧伯吉斯的小說《發條橘子》就充斥著作者自創的字，例如nadsat、moloko、chepooka 等，如果沒辦法從其他關鍵字推敲字

圖 2

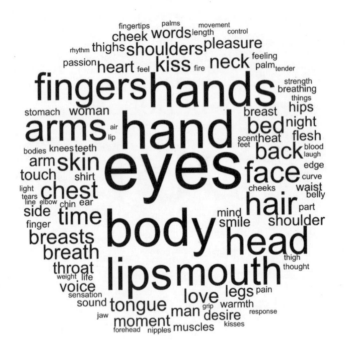

義，對電腦來說這就會是一本有字天書。但這種情況比較少見，我們更常看到的是像「圖 2」這樣。

　　「眼」、「嘴」、「手」、「頭」等名詞讓我們知道這一段在講身體，但光是「身體」還不足以讓我們理解這裡的題材。描寫謀殺現場時可能也會用到這些名詞來描述屍體，但這一段顯然不

是在講這個。這朵文字雲較外圍的部分出現了「吻」、「歡愉」、「笑」、「喘息」、「床」、「節奏」和「火」，這些名詞加起來讓我們知道這是一場床戲。

但床戲也有很多種。大多數作家都承認床戲很難寫，每個人也都盡力摸索出自己的寫法。我們必須要注意到，作家如果使用這朵文字雲當中的名詞，描寫出來的床戲會比較溫柔；如果用字更激烈火辣，寫出來的床戲質感會大不相同。我們手邊有各種版本的床戲文字雲，生猛程度從「可以讀給外婆聽」到「地表最強心臟才能承受」，什麼都有。

我們在利用主題模型演算法分析文本的時候，得到了兩項重要的資訊。第一，電腦讓我們知道研究書目裡有哪些題材，而這些題材又由哪些字詞構成，就如我們前面討論到的「酒吧」和「身體」兩個例子。第二，電腦讓我們知道每本書裡不同題材的組成比例。我們列出五百個題材讓電腦在每一本小說裡偵測，而不同題材又可以用各種方式混搭組合。一旦我們測量到不同題材在一本小說裡所占的比例，就可以根據這些比例去尋找暢銷書組合題材的模式。電腦在這裡進行的是一種「逆向工程」，我們可以用煮湯的方法來理解，電腦先分析出所有原料，例如肉塊、高湯、胡椒、洋蔥、香料，再仔細測量最受歡迎的食譜如何去組合這些原料。

我們用這個方法找出所有原料之後，就可以問各種問題了。例如哪一種「bank」比較常出現在暢銷書裡，是銀行還是河岸？我們也可以問，哪一種床戲比較容易上榜，是溫柔的還是激烈

的？如果你想知道這兩個問題的答案，我們可以告訴你：《紐約時報》暢銷書榜偏好代表銀行的「bank」，以及（如果真有床戲的話）親密不帶侵略性的床戲。床戲必須要能推動劇情發展，才有機會登榜；反過來說，若劇情根本不需要這場床戲，那就不會上榜，也根本不需要寫出來。或許這就是為什麼暢銷書和其他書籍相比，床戲的比例明顯偏低許多。

當然，沒有小說家靠一個題材就能編織出完整的故事。諾曼·麥克林的《大河戀》既提到「釣魚」也提到了「金錢」，另外還有「宗教」與「兄弟情」。因此，每一本小說都有它自己的「題材組合」，這是指一本書包含了哪些題材以及各題材在全書所占的比例。若把一本書的題材加總在一起，便可以營造出整本書的主題並帶出作者的訊息。我們發現，題材的選擇和比例會影響到一本書是否暢銷。當我們拿到書稿的時候，有沒有辦法從題材組合來判斷哪本書有機會成為排行榜冠軍？

你大概和很多編輯一樣都猜得到，寫「謀殺」、「犯罪調查」和「團隊運動」的小說對美國大眾比較有吸引力，若小說題材是「收集爬蟲類」、「太空火箭」或「大學教室」就顯得沒那麼有趣。但是要認真預測的話，你得去探究有哪些題材是許多暢銷書都會包含的，同時又是沒上榜的書不太會寫的。這個問題很複雜。不管你看的是哪一週的排行榜，你都會覺得榜上的書涵蓋了各種五花八門的題材，好像沒有共通點。

我們來看看現在的排行榜。在我們寫這本書的期間，精裝書排行榜冠軍是約翰·葛里遜的新書《流氓律師》（Rogue Lawyer，暫

譯）。或許你一點也不意外，畢竟葛里遜的小說總是第一名，就像美國國慶日要吃馬鈴薯沙拉一樣理所當然。不過，我們在這裡想要問的問題是：排行榜冠軍寶座和他選的題材有沒有關係？

排行榜第二名是詹姆斯・派特森的「艾利克斯・克羅斯」系列推理小說，第三名是別人替湯姆・克蘭西代筆的小說（因為作者已在 2013 年過世）。接下來有史蒂芬・金的作品、大衛・鮑爾達奇的犯罪小說、尼可拉斯・史派克的愛情小說，以及珍妮・伊凡諾維奇還在進行中的系列小說，主角是一名女性獎金獵人。到目前為止這幾本書都是類型小說，儘管它們的類型各自不同。和系列小說相比，史蒂芬・金的小說題材更多元，但我們大概會認為，既然他是驚悚大師，他的題材和派特森的題材理當很不一樣。

接下來我們在榜上看到了普立茲獎得獎作品《所有我們看不見的光》（All the Light We Cannot See，暫譯），還有靈性作家米奇・艾爾邦充滿神祕風格與音樂色彩的新作。珀拉・霍金斯帶著《列車上的女孩》蟬聯排行榜四十七週；哈波・李的《守望者》，這本不知該算新作或舊作的小說也上榜了；接下來是麥可・康納利的推理小說、克莉絲汀・漢娜的《夜鶯》（和《所有我們看不見的光》同樣以二戰為背景），再來是丹妮・斯蒂爾的言情小說和《冰與火之歌：權力遊戲》作者喬治・馬汀的小說。

看完了這份榜單，你可能會覺得精裝書暢銷榜好像沒有什麼特定的題材，又好像什麼題材都有。但我們察覺到了一些模式。如果你也在思考這個問題，我們可以先給你一條線索：喬治・馬汀是個例外。截至 2015 年年底，他的暢銷紀錄全都是靠 HBO 電

視影集《冰與火之歌》創造出來的。光就題材來看，他的書很難暢銷。他的題材在三十年前還可以紅，但現在流行的是當代寫實主義。

　　我們寫這本書的時候正逢聖誕節前一週，這是知名老作家集體霸占排行榜的時刻，因為大家喜歡購買他們的書當禮物送人。所以我們在這個時間點去辨識暢銷書的共同模式，會比其他時候來得容易。乍看之下，榜單以犯罪小說居多，戰爭小說其次。不過話說回來，戰爭和犯罪也算是同一類。儘管我們很想提到史派克和斯蒂爾的愛情故事，但他們的小說分別在寫一段飽受威脅的感情，以及情人邁向生命終點的過程，實在不怎麼樂觀。至於史蒂芬・金，如果他秉持一貫風格，那就不脫驚悚與懸疑。

　　或許從本週暢銷書榜上有點多元又不夠多元的題材來看，我們可以推測，最容易上榜的主題是「暴力」和「恐懼」。由此出發，我們這個兩分鐘內完成的分析可能會得出一個結論：我們在研究《紐約時報》暢銷書榜所建構出來的文化時，發現當代美國大眾對暴力相當痴迷，絕對可以讓精神科醫師和社會學家再忙上一陣子。

　　這個嘛，我們兩位作者都不會駁斥這項觀察，但我們也都不是專業的社會學家。姑且不論美國社會大眾是否沉醉於暴力主題，可能真的是這樣也不一定。但如果你想當個出色的選書編輯，然後專挑暴力主題，那我們會建議你更仔細注意這些書和這張榜單裡潛藏的模式。

　　只要稍微看一下同期的平裝書排行榜，就會知道結論不可以

下得太快。前十名當中只有一本書寫到犯罪，那是派特森的另一本小說，主角克羅斯正在和家人共度聖誕，卻臨時接到任務必須去解救人質。事實上，沒有任何一個題材能獨占平裝書排行榜。第一名是《火星任務》，這本描述火星生活的書會暢銷全是靠麥特‧戴蒙的電影。第二名是菲利浦‧狄克的舊作，這本書也算是二戰小說，不過它描寫的是如果同盟國戰敗會怎麼樣。

榜上有兩本小說是關於女人、愛情和友誼。保羅‧科爾賀的寓言小說《牧羊少年奇幻之旅》值得一提，因為截至目前為止，它已經在榜上蟬聯了 383 週。恩斯特‧克萊恩的《一級玩家》將場景設定在 2044 年，主角被抓進虛擬烏托邦，而這本書也即將翻拍成電影。

此外，榜上還有四本小說：狄克的舊作、《無聲告白》、《孤兒列車》和《布魯克林》，故事都發生在二十世紀，只是彼此年代不同。所以，暢銷書的共同主題應該是「歷史」而不是「暴力」？若真如此，這個論點也未免太弱，畢竟光靠四本書並不能替前十名做出結論。再想深入一點，或許，重新思考後，你會不會覺得貫串這張榜單的主題其實是「旅程」？

目前一切都還不明朗，只有一件事確定：在 2015 年的 12 月，每一個暢銷榜上的主角都活得很辛苦。但辨識模式就是要靠觀察和檢測。我們或許可以這樣說，從任何時刻的暢銷榜來看，任何一本能賺進數百萬美元的小說，都應該要描寫一趟令人害怕或充滿暴力的旅程。這個猜測或許很符合現在的市場，不過它還是留給了選書編輯很多自由心證的空間，因為一趟令人害怕的旅

程可以是言情小說、驚悚小說或文學小說，甚至是科幻小說。許多作家可能都接過這樣的任務，要寫出一趟令人害怕的旅程並帶出他們自己的觀點。這就是為什麼所有暢銷書讀起來感覺都不同，卻又隱隱覺得好像有些相似。

在看這張榜單的時候，我們希望你能注意到一個重點：題材凌駕於類型之上。如果你想寫作、出版或預測暢銷書，最好把「類型」的概念徹底忘掉，儘管整個出版業都是靠類型來分類書籍。各種類型的小說都可以寫到婚姻，也可以寫到愛情與犯罪。這些題材在不同類型的小說裡占比不一，但重點是，書稿裡最主要的題材是什麼。我們做了這麼多研究後發現，「類型」是一種窠臼，你得掙脫它。如果你願意接受這個新觀念，那你就已經開始像我們的電腦一樣培養出敏銳的嗅覺，可以學著預測暢銷書了。

電腦認證的選材高手

我們列出了五百種題材，然後分析這五百種題材在研究書目的每本書裡所占的比重，以百分比來表示。當然，並不是全部的題材都會出現在每本書裡，像《達文西密碼》就沒有「牛仔」。我們分析完每一份書稿後都會得到一張長條圖，例如「圖 3」就讓大家看到茱迪・皮考特的小說《家規》裡的五大題材：23% 的篇幅在寫「孩子與校園」、10% 在寫「犯罪場景」、7% 在寫「法庭與官司」、6% 在寫「家庭環境」，另外有 2% 在寫「親密關係」。

圖3　茱迪·皮考特《家規》的五大題材

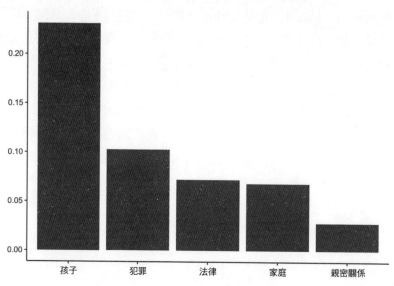

　　當主題模型演算法找出書中最主要的題材，確定這些題材出現在哪些篇章、占掉多少篇幅，我們就把隨機取樣的一組書目交給機器學習演算法。這套演算法事先就知道書目裡面有哪幾本是暢銷書、哪幾本不是，因此能篩選出暢銷書常見的題材組合，讓我們知道哪些題材要占什麼樣的比重才容易受讀者歡迎。

　　不僅如此，電腦還可以辨認出，哪些題材在暢銷書和冷門書的出現比率落差最大。我們之前提到的「性」就是個好例子。平均來說，性愛在非暢銷書裡的出現頻率是暢銷書的兩倍。電腦可

以偵測出差異，然後用偵測結果來預測一份不知名的書稿有沒有機會暢銷。根據我們的電腦模型，如果一本書幾乎每一章都寫到性愛，那大概沒機會上榜了。當然也有例外，希維雅‧黛和 E. L. 詹姆絲不就是活生生的例子？但是單憑兩位作家還沒有辦法影響整個電腦模型，因為我們的樣本多達數千本書。

　　最後，我們的電腦可以根據題材組合來判斷我們所研究的書目是不是暢銷書，準確率高達八成。[6] 我們想知道過去三十年內哪一位作家最懂得用正確的比例來組合正確的題材（不管是透過經驗或直覺），模型給了我們兩個名字：約翰‧葛里遜和丹妮‧斯蒂爾。

6　我們運用「交叉驗證」來測量準確度，共採取了兩種方法：第一種方法是從研究書目裡隨機抽掉 10% 的書，用剩下的 90% 當作學習樣本訓練電腦模型，再拿一開始抽掉的書去測試電腦的預測能力。第二種方法是「留一驗證」，亦即每次只抽掉一本書，然後用剩下的書去訓練電腦模型。無論是哪一種方法，只要電腦能正確判斷一開始被抽掉的書是否為暢銷書，就算成功。我們有許多不同版本的電腦模型，訓練與測試的過程都很嚴謹。

　　過程中，我們需要用已經出版的書來訓練電腦模型，這樣才能知道哪些書曾經上過暢銷榜、哪些沒有。我們最早版本的電腦模型完成於 2011 年，在過去五年又陸續加入新的書目，暢銷書和冷門書都有。每當有新書目加入，我們都可以藉機測試電腦模型，檢測 2011 年版本的模型，其預測能力是否可以延續到 2015 年。答案是可以的。

　　完成交叉驗證後，我們就可以幫每本書計算上榜機率，稱之為暢銷指數。有些書電腦模型不太確定是否會上榜，暢銷指數可能只有 51%，和丟銅板的機率差不多。如果遇到這種狀況，我們還會再根據書稿的文字運用或情緒曲線等其他面向的特徵，來判斷這本書會不會暢銷。而有些書可以算出極高的上榜機率，表示電腦很有信心；我們便是根據暢銷指數來幫書籍排名。

我們都驚呆了。我們會有這樣的反應並不是想對他們的作品做出任何評論，畢竟在這個階段，我們還得再深入探究他們的小說主題裡藏了什麼基因。令我們震驚的原因是，電腦模型竟然挑中了當代最成功的兩位作家。在他們的所有著作裡，有好幾本都在電腦的依據主題選出來的書單裡名列前茅，其中斯蒂爾的作品包括《希望街上的宅邸》（The House on Hope Street，暫譯）、《好壞參半》（Mixed Blessings，暫譯）和《意外》（The Accident，暫譯）；葛里遜的作品則有《辯護律師》、《幫凶律師》和《殘壘》。

向教父教母學習

我們把葛里遜和斯蒂爾稱為當代暢銷書的「教父教母」，一部分是因為過去幾十年裡，他們一直在暢銷排行榜上笑傲群雄。他們的作品數量龐大，啟發了無數讀者，優異表現不容置疑；他們累積的財富足以讓數百名、甚至上千名年輕作家開始發展寫作生涯。我們稱他們為教父教母的另一個原因是：在寫作的世界裡，他們是好榜樣，不斷守護、體驗、實踐著美國夢。

其實，他們的人生經歷和膾炙人口的小說主角經歷相去不遠。斯蒂爾 1947 年出生於紐約市，是家中獨生女。她的爸爸是富裕的啤酒王國小開，媽媽生於葡萄牙外交官家庭，是位美麗優雅的名媛。她從小就習慣了奢華精緻、光鮮亮麗的生活與大宴小酌，並從童年開始寫詩和故事。父母離異那年她才七歲，從此就住在巴黎和紐約，由父親、僕傭和親戚教養長大。她不常見到她

的母親。

　　斯蒂爾懷抱著時裝設計師的夢想進入了設計學校，但因為壓力太大導致胃潰瘍，最後放棄了夢想。十八歲那年，她嫁給第一任丈夫；她的每一樁婚姻都是一扇豪門，帶給她優渥的生活和許多房產。但她想投入職場，於是先從廣告公關著手，當時她的客戶就建議她考慮以寫作為業。1970 年代初期，她回到舊金山的家，開始創作第一本小說。當她回述這段往事的時候，還記得自己三更半夜在洗衣房裡用洗衣機當桌子寫稿，以免吵醒家人。

　　葛里遜 1955 年出生於阿肯色州。他的父親是個建築工人，隨著工地的轉移，他帶著葛里遜和其他四個兄弟姊妹在美國南方四處搬遷。他的父母都沒有機會念大學，而全家最後在密西西比州安頓下來的時候他才十二歲，當時家境並不寬裕。

　　葛里遜和斯蒂爾一樣，童年的夢想都不是當作家。他高中時期擅長運動，還是棒球明星。他本來想做一名職業球員，但最後務實地放下夢想改學會計和稅務法律。葛里遜畢業後成了「街頭律師」，他不替企業辯護，專為勢單力薄的個人打官司。他娶了青梅竹馬為妻，目前婚姻幸福並育有兩子。

　　直到他有機會觀摩其他大牌律師打官司，才萌生想要寫小說的念頭。有一天，他坐在法庭裡，聆聽一位十歲女孩敘述證詞，她被強暴之後還被加害人留在現場等死。這個案件帶給他的情緒衝擊太過強烈，他不禁納悶，如果女孩的父親為了復仇而殺害強暴犯會怎麼樣？他開始思考著，在美國南方，如果強暴犯是白人，復仇的父親是黑人又會如何？他對這些問題相當執著，決定

逼自己寫下來，看看他能不能完成一本小說。整整三年，儘管他的律師工作每週得花費至少七十小時，他還是每天凌晨五點起床寫作。

這兩位作者的故事是不是很像英雄電影？當然，他們都不是一夕成名。數十年後，他們在接受訪問時都提到了勤奮、毅力與韌性的重要。畢竟，這就是美國夢。

斯蒂爾的第一本小說《歸人》（Going Home，暫譯）出版於 1973 年，這本書賣得很快，但接下來的五本小說卻都沒有人願意出版，儘管她每天花費十八至二十個小時寫作。但她不願放棄，繼續創作，終於把第七本小說給賣了出去。她第二本出版的小說在 1977 年上市，從那之後，她為我們創作了一百多本小說，還有童書和散文，本本暢銷無一例外。

葛里遜在旁聽了那樁強暴案後完成了第一部創作，原本書名是《宣告終結》（Deathknell），後來改名為《殺戮時刻》（A Time to Kill）。這本書曾經被許多經紀人和編輯拒絕，後來大衛・格納特（David Gernert）獨具慧眼代理了他，但投稿了二十六次才找到出版社願意幫他出書。葛里遜拿到的合約是預付版稅 1,500 美元、首刷印量五千冊，結果根本沒賣出幾本，傳言葛里遜還自掏腰包買了一千冊。但是他繼續創作，《黑色豪門企業》就是他的第二本書。電影版權先以 60 萬美元賣出，隨後小說版權又以 20 萬美元成交。自從 1991 年首度出版後，這本書已經在暢銷排行榜上出現了大約一百次。

葛里遜和斯蒂爾都是很快就成為暢銷書榜的常勝軍，而且

從寫作生涯早期就年復一年地上榜。不管你想參照哪裡的統計數據，這兩位無疑是當代銷量最好的作家。斯蒂爾多半被認定為史上最暢銷的作家第四名，前三名分別是莎士比亞、阿嘉莎‧克莉絲蒂和芭芭拉‧卡德蘭。斯蒂爾的著作約有 130 本，被翻譯成 43 種語言，出版於 69 個國家。她還在 1989 年打破了金氏世界紀錄，因為她有一本書蟬聯暢銷榜長達 381 週。從她開始寫作至今，估計已經賣出了六億冊。

葛里遜的書單短了一點，他目前出過三十五本小說，但他在寫作生涯早期就打破紀錄，一口氣奪下暢銷排行榜的四個位置——精裝書第一名與平裝書第一、二、三名。挾著這樣的成就，葛里遜當時就已經被封為出版史上銷售最快的小說家。打從他開始寫作，就獨霸《出版者週刊》的年度銷售排行榜了。在 1990 年代，他總共賣出 6,100 萬冊，而斯蒂爾則賣出 3,750 萬冊。

最後不管哪一位的成績比較耀眼，我想你都會認同他們真的很會寫小說，有夠厲害。

但他們是怎麼辦到的？

電腦閱讀了數千本當代小說，完全不考慮作者的名氣與銷量，只從題材和主題判斷，就認定斯蒂爾和葛里遜最可能暢銷，這實在意義重大而且值得深究。若說是巧合，機率也未免太小，各種題材的組合在所有小說裡可以搭配出成千上萬種可能性。電腦演算法選出來的竟然是過去三十年來銷量最大的作家當中的兩

位？[7] 斯蒂爾和葛里遜的每一本小說裡都有暢銷基因嗎？應該是如此。不過另一個令人好奇的問題是，這兩位看似大相逕庭的作家怎麼會被演算法湊在一起？儘管一位擅長言情，另一位擅長驚悚，他們在組合題材的時候一定採用了某些相同的方法。

如果我們去計算這兩位作者每本書裡的題材比重，似乎斯蒂爾和葛里遜都在實踐古老的箴言：「寫你所熟悉的。」夢想當棒球員最後卻成為律師的葛里遜，最常寫的題材是「律師與法律」，其次是「美國團隊運動」。斯蒂爾經歷了五次婚姻，生了九個孩子，還痛失過一個孩子；她較常寫到的題材就包括了「家庭生活」、「愛情」與「母親的角色」。儘管斯蒂爾自稱她的寫作題材很多元，從「疾病」、「墮胎」、「華爾街」、「時尚圈」、「盜用公款」、「手足之情」到「世界大戰」，什麼都有，但這些乍看多元的題材其實只占了她創作篇幅的一小部分。我們在分析完小說題材後發現，這兩位作家各用了一個主要題材來支撐他們的創作品牌，而電腦數據也充分支持這樣聚焦的做法。

前章提過作者與讀者之間有一份默認的契約，當讀者選擇了最喜歡的作者、拿起他們的小說來讀，就會對故事的題材有所期待。斯蒂爾和葛里遜都持續回應著讀者的期待，而且長期將各種題材維持在一定的比例。在葛里遜的作品裡有將近三分之一的篇幅都直接刻畫了「法律體系」，而斯蒂爾的作品裡也同樣有將近

7　若有興趣瞭解我們如何避免產量龐大的作者影響電腦判斷，可參閱後記。

三分之一的篇幅在描述「家庭生活」，或更明確的說法是「花在家裡面的時間」。

這裡有好幾個重點。作家都有他們的拿手菜，書迷也期待他們上菜。如果拿手菜占了全書的三分之一，那一年出版一本書的作家就有三分之二的空間可以去寫其他題材，為新書增添新意。這個公式任誰都可以複製，我們也看到暢銷作家是如何巧妙地應用它，目前的關鍵是比重——三分之一的拿手菜，加上三分之二的新料理。

我們再深入探究，發現所有暢銷書都有一個特別的模式，不只限於斯蒂爾和葛里遜的作品而已。我們發現所有成功的作家都把 30% 的篇幅投入在一到兩個題材上，但非暢銷作家則會塞進太多題材。通常銷量沒那麼好的作家，在小說寫到三分之一的地方，就已經用上了至少三個題材。平均來說，暢銷作家在一本小說前 40% 的篇幅裡只會用上四個題材，非暢銷作家則會放進六個題材。雖然我們好像都在講數字，但這些數字會嚴重影響到你的閱讀體驗，攸關小說敘事連不連貫、精不精采。少用一點題材，小說的核心才能聚焦，這表示小說裡沒有無謂的支線，也代表作者的思維精準、腦袋清楚、經驗也很豐富。

我們拿這個結果去測試兩位朋友，一位是文學經紀人，另一位是小說家。他們閱讀過無數被出版社拒絕、慘不忍賭的稿件，都認為新手作家往往野心過盛。他們說這類新手經常企圖描寫複雜的情節，而且不放過任何角度，結果就涵蓋了太多題材。作家善於觀察，自然會想把他們觀察到的所有人性都分享出來。儘管

寫出題材豐富的小說確實是一場暢快淋漓的智力挑戰，但市場往往反應冷淡。一本 350 頁的小說不應該有這麼多題材，讀者喜歡「有重點」的故事，這樣才有深度和脈絡；小說裡的題材不能多到像一本百科全書。題材是一盞燈的底座，要讓人物和情緒體驗在上頭發亮；而不是燈罩，遮蔽人物和情緒體驗的光芒。

　　斯蒂爾和葛里遜都各有一個拿手題材，而且單靠這麼一個題材，就撐起了他們每本小說（平均）三分之一的篇幅，也鞏固了他們的作家品牌；至於其他各種題材都沒有占太多篇幅。在葛里遜的重要作品中，第二常用的題材是「美國團隊運動」，但僅占 4% 的篇幅。這個數字真的很低。別懷疑，《殘壘》完全在寫棒球，但這本非關法律題材的驚悚小說銷量很差。葛里遜的其他次要題材也都不讓人意外，像是「金錢」（3%）、「警察」（2%）和「情報機關」（2%）。

　　還有一個題材在葛里遜的作品裡占了 4% 的篇幅，比較不明顯，那就是「日常時刻」。我們刻意為這個題材取了一個模糊又平淡的名字。「日常時刻」描繪的場景主要是兩個人在聊天、或坐在沙發上看電視、或在街道上行走。沒有太多的活動，但就是日常生活。僅次於法律和運動，「日常時刻」在葛里遜的題材裡名列第三；這一點很重要，這表示這位作家很懂得掌握說故事的節奏。角色之間的日常互動平衡了故事的步調，避免讀者疲乏。沒有任何讀者會刻意挑選這種題材來讀，但如果少了這些能喘口氣思考的場景，讀者一定會抗議。

　　葛里遜的作品裡還有一些其他的次要題材，但我們很難馬

上猜出答案。這些題材所占的篇幅和警察、法庭差不多，描寫了「家庭裡的人物」（斯蒂爾的主要題材）、「孩子在家過暑假」（用到了「門廊」和「單車」等名詞），以及「人際關係」（也是斯蒂爾的重要題材）和「家庭」。

斯蒂爾利用幾個主要題材，建構出一個完全不同於葛里遜的世界。她花了很多篇幅在描繪「家庭裡的人物」，而且從她使用的名詞來看，她筆下以小家庭居多。她也花了 5% 的篇幅在寫「家庭時光」，這個題材用到的名詞描述了家人在屋內的日常活動：「晚餐」、「對話」、「休息」、「相愛」、「週末」。但目前這兩個題材的戲劇張力都不強。

她第三常用的題材是「醫院與醫療」，使用的名詞包括「護理師」、「醫師」、「救護車」、「急診」和「意外」。這裡描繪的通常不是慢性病患長期住院，而是突發意外打亂了家庭和諧，由第三題材去刺激第一題材。醫療題材占了《吻》（The Kiss，暫譯）的 13%、《意外》的 12%，以及《希望街上的宅邸》的 8%，這三本都是在網路上得到最高評價的作品。

家庭與急診室的場景交錯出現是很重要的手法，而葛里遜也採用了類似的方法。大家別忘了，葛里遜寫完法律世界後就帶我們去看孩子的家中活動或是人與人的相處相知。想想看這些場景的切換為情節添加了多少燃料，透露出多少衝突。不管在虛構小說或現實生活裡，醫院和法院都是讓人情緒緊繃的場所。對一般讀者來說，誰都會害怕意外和官司，怕我們珍愛的一切受到威脅。我們難道不會立刻想保護這個小說裡的家庭嗎？我們自然很

想知道接下來會發生什麼事，每個人都能平安嗎？他們要怎麼熬過去？

　　關於如何寫出暢銷小說，斯蒂爾和葛里遜教導我們一定要有明確的主要題材，讓整本小說有脈絡可循；其他占比較高的次要題材則要能為主要題材帶來對比、衝突與威脅。如果題材太多、太散漫，那就像粉筆和粉圓硬被湊在一起料理。比方說，第一題材是「情慾」、第二題材是「園藝」，這要怎麼寫出引人入勝的故事？暢銷作家都選擇了一定會讓讀者著迷的題材組合，諸如「小孩與槍械」、「信仰與性慾」、「愛情與吸血鬼」（這三種組合最容易上榜）。

　　在這個年代寫出暢銷書的另一個重點就是要符合現實，我們目前看到的題材都和奇異幻想無關。熱門題材都不是遙不可及的場景，角色也不是非人類的虛構物種。聰明的小說家知道哪些題材會影響大眾讀者的心理，也懂得把這些題材料理得宜。一本小說至少要有一個可以令各種人都心生畏懼的主要題材，不分年齡、不分性別、不分文化背景都同感恐懼。或許我們在前面用兩分鐘提出來的假說還不算太差，令人害怕的旅程真的容易暢銷。

　　我們從斯蒂爾和葛里遜身上學到的最後一個重點是：訴諸主流。一本書要能賣一百萬冊，題材組合就一定要能吸引主流讀者。或許你是一個偏好新鮮罕見題材的讀者或作家，你喜歡《龍紋身的女孩》裡的「瑞典政壇」、丹‧布朗筆下的「美術史」，或是《穿著 Prada 的惡魔》裡的「高級時尚」。這些都是很棒的題材，但數據告訴我們，從比重來看，它們都只位居次要，重要性

比不上那些可以在廣泛大眾之間引起普遍共鳴的題材。

　　葛里遜之所以如此成功，有部分的原因是他的題材組合裡包含了主流主題；斯蒂爾也是一樣。近年來興訟已經成為美國的文化現象，大家動不動就把「我告你哦」掛在嘴邊，這和葛里遜的法律題材不謀而合。法庭是當代各個社會階級正面交鋒的戰場，它就像我們的競技場，社會大眾在這裡目睹本世代的文化及倫理大戰：女性平等、種族關係、同志婚姻、環境保育、企業社會責任等。

　　而葛里遜筆下的小說是美國司法體系的縮影。讀者看到權貴臉孔出現在警方的檔案照裡會覺得大快人心，但同時又想控訴司法體系的腐敗。法律無疑是絕佳的當代題材，不管你是否擁有葛里遜的文筆，你都可以寫出好故事，因為法律本身就有很多衝突和矛盾，既捍衛公平又充滿威脅。法律是一個美味的食材，配合時事就可以創造出當季最新鮮的熱門餐點。

　　葛里遜在訪談裡曾數度提及，他如何小心翼翼地避免加入過多個人政治立場，以免造成讀者反感。儘管他公開表態支持民主黨，但他也承認《絕對機密》的政治立場太過強烈。他會盡量讓自己的小說不去冒犯任何立場的讀者，這或許也說明了為什麼葛里遜和斯蒂爾的作品裡幾乎都看不到法術、女巫、毒品和赤裸裸的成人內容。他們顯然偏好情感與道德題材，煽情的部分點到為止。小說並不是肥皂箱，大肆抨擊反對者也沒辦法持續簽下百萬美元的書約。如果引人反感不見得能暢銷，那何必呢？想要牽動讀者情緒，方法多得很。

　　斯蒂爾就很清楚哪些題材可以牽引讀者的情緒，並專挑這些題材下手。但如果你連續閱讀好幾本她的書，你就會發現她筆下的女性有幾個共同點。她們都在現代社會裡遊歷，理論上根據她們的能力，心想事成絕非難事；但她們面對許多挑戰，要做出前幾代女性無法做出的決定，也要應付無法控制的環境所帶來的膠著。她們慎重地思索人生重大決定，例如工作、結婚和生子。斯蒂爾處理過許多議題，像是離婚、外遇、墮胎、競爭、職場女性、代理孕母和全職媽媽。她在小說中找到了一個值得不斷探索又攸關現代文化的主題，那就是「現代女性的各種抉擇」；然後她會為每本小說選擇新的次要題材，以讓故事增添新意。

　　不過，這都沒辦法解釋為什麼斯蒂爾和葛里遜會被模型「一起」挑出來。電腦模型顯示，這兩位作家都用了很多類似的次要題材，也迴避了許多題材。小說世界裡有太多東西可以寫了，他們有充足的空間可以揮灑。但不用說大家也知道，他們共同的創作基因就是情節很寫實，可以讓人立刻入戲。他們選擇的題材都包括了「家長」、「早餐」和「晚間活動」，也都迴避了「毒蛇」、「巫師」、「洞穴」和「山怪」。

　　但在斯蒂爾和葛里遜的眾多相似處之中，還有一個最有趣的發現：他們最常使用的題材，正好也是電腦模型在預測暢銷書時最有用的題材。所謂「對預測最有用」，並不是指暢銷作家最常用到哪些題材，畢竟那些題材也很可能會出現在冷門書裡。「對預測最有用」所指的是，某個題材在暢銷書裡出現的比例，明顯比在冷門書裡高出許多，所以很適合拿來當作判斷暢銷書的指

標。說得更直白一點，這是作家都不應該忽略的題材。

　　所以，這個題材是什麼？它乍看之下既簡單又無趣，更沒有性愛和犯罪來得聳動，但別被表象給唬了。這個題材是在寫人際互動與人際關係，但我們還得再解釋得更明白一點。它不是熱戀或激情這種讓人暈淘淘的互動，也不是老師與學生、雇主與員工之間的關係。這個暢銷題材是指「人與人的情感連結」，它對一本小說的暢銷機率有關鍵性的影響，而且場景通常描繪角色在親密時刻、放電時刻或相知相惜裡的溝通與交流。

　　言情作家斯蒂爾熱衷於這個題材當然不意外，但就連葛里遜也會替工作狂律師安排時間去和其他角色互動、建立感情。在《幫凶律師》裡，年輕律師趁著晚上休假，從中國餐館外帶食物和酒回到他最親愛的女人身邊。這不是刻骨銘心的「我愛妳」時刻，而是比較輕鬆愜意的約會，兩個人聊聊生活後在沙發上睡著了。在《黑色豪門企業》裡，另一個年輕律師也做了一模一樣的事，去中餐館外帶食物，或許也買了同一瓶紅酒。這就是葛里遜的拿手菜。小說人物一定要有這種輕鬆的親暱關係和人際互動，但不見得要特別浪漫。或許是陪媽媽逛街、和爸爸釣魚、與心上人一起做飯，一定要留點時間讓人物和其他角色相處並建立情感連結。

　　或許我們可以推測，有一部分的美國大眾在閱讀小說的時候其實是想投射自我。我們覺得，讀者似乎很喜歡在小說裡抓取現實生活的吉光片羽。我們現在就來分析整個書市裡的題材模式，

再讓你來定奪。

有兩種題材的表現不如預期:「奇幻」和「異世界」。作者獨創的語言、奇幻生物、不存在的場景、太空戰鬥、星際戰艦等題材,從統計數據來看比較不容易暢銷,因為現今市場偏好有可能在現實中發生的情節。不過,就算是寫實的題材,也有受讀者青睞與冷落之分。熱門題材(即適合作家嘗試的題材)包括了婚姻、死亡、稅務(對,別懷疑);以及科技,特別是可能會威脅到人類的現代科技;還有葬禮、槍械、醫師、職場、學校、總統、報紙、小孩、母親和媒體。

冷門題材除了已經提過的性、毒品、搖滾樂,還包括勾引、做愛、犯罪現場的屍體;還有煙酒、神祇、劇烈的情緒如濃烈的愛和絕望的痛;以及革命、爾虞我詐、存在意義與哲學思辨、晚宴、牌局、精心打扮的女人和舞蹈(抱歉了)。其中占比特別高的冷門題材是槍枝和輕薄言行。

讀者喜歡看到作者描述股市勝過人物五官、實驗室勝過教堂、大學勝過派對、心靈勝過宗教。還有,讀者喜歡狗,沒那麼喜歡貓。

如果講到地點,我們也知道讀者喜歡什麼,而且這個偏好不會改變。讀者喜歡故事發生在一個城市或小鎮裡,至於是哪個城鎮則沒有特殊的偏好。但讀者不喜歡無邊無際幻想出來的空間,或是地球以外的其他地方(安迪·威爾的《火星任務》是一個例外,但這本小說還是有寫到地球上也有的實驗室,而且不同於其他的太空小說,整本書都在想著如何讓男主角安全回到地球)。沙漠不會暢銷,海洋、叢林也不會,

豪華牧場更別提了。最好寫一般家庭。各位作家，你的人生經歷到哪，就帶讀者到哪，不要把讀者帶到你自己也沒去過的地方。如果你真的去過我們都沒去過的地方，請你去寫回憶錄。

我們會在第五章討論人物，但主題模型演算法已經透露出不少訊息：人物愈真實愈好。不要寫侏儒，也不要寫君王；女祭司、戰士、士官、公爵、巫師，通通不要（哈利波特只有一個）。

最後，也不要寫獨角獸。

電腦選書：主題類

人人都愛書單，以下是暢銷書量表根據主題選出來的前十名小說：

最佳題材組合前十名（已排除斯蒂爾和葛里遜）

1. 茱迪・皮考特《家規》
2. 茱迪・皮考特《事發的 19 分鐘》
3. 珍妮・伊凡諾維奇《十二點整》
   （Twelve Sharp，暫譯）
4. 大衛・鮑爾達奇《暗殺行動》
   （The Hit，暫譯）
5. 珍妮・伊凡諾維奇《普拉姆親愛的》
   （Plum Lovin'，暫譯）
6. 戴夫・艾格斯《揭密風暴》
7. 茱迪・皮考特《小心輕放》
8. 珍妮・伊凡諾維奇《爆炸十八》
   （Explosive Eighteen，暫譯）
9. 珍妮・伊凡諾維奇《臭名昭著的十九》
   （Notorious Nineteen，暫譯）
10. 茱迪・皮考特《凡妮莎的妻子》

暢銷題材「情感連結」占比最高的前十名（已排除斯蒂爾和葛里遜）

1. 諾拉・羅伯特《最後一任男友》（38%）
　　（The Last Boyfriend，暫譯）

2. 希維雅・黛《謎情柯洛斯 III：熾愛 》（34%）

3. 諾拉・羅伯特《白色約定》（34%）

4. 希維雅・黛《謎情柯洛斯 II：交纏》（32%）

5. 諾拉・羅伯特《美夢成真》（32%）

6. 諾拉・羅伯特《玫瑰花嫁》（32%）

7. 諾拉・羅伯特《下一個永遠》（31%）

8. 希維雅・黛《謎情柯洛斯 I：坦誠》（31%）

9. 艾蜜莉・吉芬《愛情的抉擇》（25%）

10. 諾拉・羅伯特《空洞》（24%）
　　（The Hollow，暫譯）

純屬娛樂，我們又多列了幾張書單：

以「書本和閱讀」為主要題材的前十名

1. 伊麗莎白・柯斯托娃《歷史學家》

2. 潔若汀・布魯克絲《禁忌祈禱書》

3. 安伯托・艾可《玫瑰的名字》

4. 瑪麗・安・薛芙《親愛的茱麗葉》

5. 尼可拉斯・史派克《忠實信徒》
（True Believer，暫譯）

6. 黛博拉・哈克妮斯《魔法覺醒》

7. 理查・保羅・伊凡斯《第一份禮物》

8. 伊蓮諾・布朗《莎士比亞三姐妹》

9. 保羅・科爾賀《牧羊少年奇幻之旅》

10. 徐林克《我願意為妳朗讀》

以「現代科技」為主要題材的前十名

1. 麥可・康納利《燃燒的房間》
（The Burning Room，暫譯）

2. 派翠西亞・康薇爾《獵殺史卡佩塔》

3. 戴夫・艾格斯《揭密風暴》

4. 珍妮・伊凡諾維奇《十二點整》
（Twelve Sharp，暫譯）

5. 史蒂芬・金《賓士先生》

6. 黎曦庭、曾健時《標記》
（The Mark，暫譯）

7. 詹姆斯・派特森《兩個克羅斯》
（Double Cross，暫譯）

8. 詹姆斯・派特森《跑吧！克羅斯》
（Alex Cross, Run，暫譯）

9.　J. 詹姆斯・派特森《死亡的渴望》
（Hope to Die，暫譯）

10.　瑪麗亞・桑波《囧媽的極地任務》

以「狗」為主要題材的前十名

1.　布魯斯・卡麥隆《為了與你相遇》
2.　諾拉・羅伯特《探詢》
（The Search，暫譯）
3.　丁・昆士《最暗的夜晚》
（The Darkest Evening of the Year，暫譯）
4.　賈斯・史坦《我在雨中等你》
5.　史蒂芬・金《狂犬庫丘》
6.　尼可拉斯・史派克《幸運符》
7.　丁・昆士《龍的眼淚》
（Dragon Tears，暫譯）
8.　史蒂芬・金《午夜 2 點》
9.　大衛・羅布列斯基《索特爾家的狗》
10.　尼可拉斯・史派克《抉擇》

第 3 章

小說情緒轉折

你知道你拉錯線條了嗎？

　　「我不是刻意要講得那麼聳動，但真有豬羊變色的那一刻，就像輪胎、引擎、抗生素、個人電腦問世之後，一切都……變了。而無庸置疑，這本書絕對又是一個『改變一切』的分水嶺。」作家 M. 克里斯坦（M. Christian）這樣說。

　　好多年不碰書的人竟然都開始看這本書，同類型的作家也突然發現他們有市場了。出版社開始擴大規模，全都想要搭上這股熱潮。不管是在媒體上、部落格或臥室裡，全世界的女人都開始談論這本書，而且勢不可當。當時是 2011 年，這本書在上市後的四年內賣出了 1 億 2,500 萬冊。

　　但這本書也爭議十足，從書評、愛書人到其他作家都覺得它糟透了。作者被批評得一無是處：缺乏技巧、風格低俗、主題失焦、人物幼稚、偏離現實，連情節都一場糊塗。讀者在《好讀網》上大發雷霆，對他們來說，作者不但糟蹋了文學，更踐踏了女性。很多人不但給它一顆星的負評，甚至還留言：「想知道什麼叫做難看的小說嗎？來看這本書就對了。」「這本書爛到我必須出言警告！」

　　儘管如此，這本書卻像瘟疫般肆虐，各地書商都賣到斷貨。紐澤西州有個書商曾打趣說：「我們的讀者眼光很好，他們都說這本書寫得很糟，但是他們又買了第三集，想繼續看下去。」她突破盲點了，就連那些最挑剔的讀者、那些只讀得獎作品和優美詞藻的讀者，也全都上癮了。他們一邊罵、一邊無法自拔地想知

道故事會如何發展。

　　這本書就是《格雷的五十道陰影》。對數百萬讀者來說，它簡直就是毒品，但是對我們兩位研究文學的人來說，它是一個大麻煩。

尋寶

　　當《格雷》的熱潮來襲時，我們並沒有把辦公室裡的對話錄下來，但實際情況大概是我們一個人說「慘了」，另一個人說「噢，見鬼了」。當時我們花費三年在史丹佛大學做研究的初步成果才剛見報，而且我們還在專訪中宣稱，一本充滿性愛場景的小說不太可能會登上《紐約時報》暢銷書榜──結果馬上就被打臉。這本書的每一章都有性愛，而且還不是單純的性行為，而是使用了皮鞭、鎖鏈和手銬的「特殊性行為」（這是安娜塔希婭的用詞）。但似乎世界上每一個人都想看這本書。

　　每個人對《格雷》都有反應，而我們兩位作者的專業反應就是，我們得把這本書拿給電腦模型測試看看，重新檢視我們對暢銷小說裡性愛場景的評價。對我們來說，這本書充滿挑戰，它能幫助我們進一步瞭解演算法到底懂不懂暢銷書，也能讓我們更明白哪種小說可以挑起讀者的興趣。這股風潮事前有辦法預測嗎？還是這就叫做天有異象？

　　你們都曉得，「暢銷書量表」會替每一本書打分數，這個分數代表了這本書會登上《紐約時報》暢銷榜的機率。回到 2011

年，我們當時只有用電腦來分析小說的主題與風格。有些人看了我們的資料，便認為暢銷指數有 70% 就值得出版，接下來只要靠行銷和編輯的功力來增加暢銷機會就好了。但我們在評估模型的能耐時，往往認為要 95% 才算是有暢銷潛力。

我們拿《格雷》給演算法分析，不確定這本書會不會搞砸整個系統。電腦會如何評鑑這本打破常規的最新暢銷書？又會如何看待安娜和格雷之間充滿綁縛、調教、支配與虐待的情趣冒險？實際分析之後，演算法一點也不迷糊，還呈現出這本書許多可觀之處。

我們原本的電腦模型光憑主題與風格（下一章就會談到風格），就給了《格雷》90% 的高分，如此高分代表這本書暢銷的因素絕對不只是變態性癖而已。這套電腦模型已經分析過很多本書，其中包含許多從來沒上過榜的情慾小說。露骨的性愛內容登上《紐約時報》暢銷書榜的機率本來就不高，電腦根據長時間累積下來的暢銷模式，已經學會將「變態性行為」和「BDSM」這些題材的分數降低。這套模型雖不是預測下一個「流行題材」的水晶球，但似乎看出了這本書的端倪。

儘管 BDSM 的題材造成熱議，但這並不能說明《格雷》為什麼賣得這麼好。如果這本小說大賣真的只是因為大家都想看變態的「女性 A 書」（這是媒體取的封號），那演算法的預測結果就大有問題了。我們看到的是，儘管電腦模型並不特別欣賞 E. L. 詹姆絲的寫作風格（單看寫作風格的暢銷指數只有 50%），但模型認為她組合題材的方法很正確。這是什麼意思？

　　關於這點，我們在上一章解釋過，大部分的暢銷小說都有兩到三個題材，合占了整本小說三分之一的篇幅；而暢銷作家（尤其是年復一年題材大多相近的作者）在常用題材之外可能還會添入其他題材，篇幅不多，卻會帶給讀者新鮮感。我們也說過，暢銷小說和非暢銷小說相比之下，有些題材的比例會偏高。其中差異最為明顯的題材，就是「人與人的情感連結」，這種情感連結可能存在於各種關係裡。我們發現這個題材占了《格雷》全書 21% 的篇幅（完全不是「紅色刑房」裡的性行為啊），因此詹姆絲和一般的「情慾小說」作家其實很不一樣。

　　《格雷》的第二個主要題材仍然不是 BDSM，而是和「情感連結」相輔相成的「親暱對話」，占了全書 13% 的篇幅。這個題材不只限於安娜與格雷之間情緒高張的討論，還包括了她和閨蜜、媽媽、好友與繼父的對話。詹姆絲筆下第三個主要題材則是「肢體語言」，像是微笑、凝視等臉部表情，占了她 10% 的題材基因。當電腦逐字閱讀這本小說時，我們發現裡面最主要的三個題材都和變態性癖無關。更明確地說，這本書的題材中確實有性話題，但是第四名「勾引」、第五名「性行為」、第六名「女性胴體」合計才占全書的 13%。儘管大部分的評論都圍繞著變態性癖打轉，但顯然這本書的暢銷另有原因，一個比 BDSM 更細膩、更吸引讀者的原因。

　　我們發現了這點之後，才明白有些書評根本沒有看清楚事實，就抨擊「這本書在教你怎麼把小說寫爛」。詹姆絲其實掌握了寫熱門小說的上乘功夫；以題材組合來說，她抓準市場品味

並調配比例得當，也做到了用兩個題材占滿全書 30% 的篇幅安排。不管哪種類型，上百位《紐約時報》暢銷作家不管有心或無意都掌握了這個寫作技巧，但我們認為詹姆絲還有更多值得學習的地方。

主題模型讓我們發現，《格雷》會成功靠的不是運氣，也不是巧合，我們還因此迷上了這本書。雖然詹姆絲被所有媒體和網路論壇羞辱——她的書簡直是垃圾、她配不上作家的名氣、她毫無寫作訓練、她的小說會暢銷完全是走狗運——但我們還是願意告訴自己，世界上沒有人能不小心就突然賺到幾千萬（甚至幾億）美元，沒有人能莫名其妙就征服全世界。換做是其他領域，這根本就是無稽之談。我們眼睜睜看著詹姆絲改變了出版界，並點燃數百萬人的閱讀熱情，於是我們開始思考，或許她很清楚自己在幹嘛。她的書在全世界爆紅真的不是市場反常或文學史上的失誤。在看完這本小說之後，我們認為《格雷的五十道陰影》並不是黑天鵝，只是我們得學著去解讀書中隱而不顯的祕密。

主題模型讓我們看到一點線索。書評認為這本書靠「特殊性行為」大賣，根本是搞錯了重點。它並不完全是情慾小說，而是以男女主角情愛糾葛為核心的香辣言情小說。小說裡面各種大膽的性行為的確製造了噱頭，但它之所以比情慾小說更撩人，靠的其實是安娜的內心戲：她反覆煎熬，不斷猶豫著要不要屈服，然後導致戀人間火熱的爭執。

若要在雞蛋裡挑骨頭，大概是詹姆絲筆下占比最高的三個題材都沒有為人物製造衝突。我們透過研究可以知道，如果題材太

過相近，作者就沒有足夠的空間去製造衝突、創造高潮迭起的節奏，除非作者的寫作功力真的出神入化。像是丹妮·斯蒂爾利用「情感連結」當作第一題材、「醫院」當作第二題材，就可以讓讀者無法釋卷；但詹姆絲的第一題材是「情感連結」，第二題材是「親暱對話」，看起來幾乎一樣。

　　衝突是小說的燃料。我們和廣大讀者與書評一樣，看到主要題材占了《格雷》30% 的篇幅，不禁納悶作者要怎麼利用人物和情節創造出扣人心弦的效果？一個愛情故事讓「情感連結」與「親暱對話」占據了足夠比重，不就代表它會有圓滿的結局，而不是三百頁滿滿的衝突？這個嘛，對男主角格雷來說並不是這麼一回事。詹姆絲為格雷刻畫了情緒的背景，他永遠都在為自己與他人的情感連結而煎熬、掙扎不止；這個安排讓他黑暗而封建的慾求有了出口。畢竟從勃朗特三姊妹與湯瑪斯·哈代的作品以來，這類型的男性情慾一直很受歡迎。一個飽受折磨的大男人當然會吸引讀者繼續看下去，但是能讓數百萬讀者忍不住想一頁一頁翻下去一定還有其他理由。光是用主題來分析《格雷的五十道陰影》還不足以解釋為什麼詹姆絲可以成為銷售破百萬冊的暢銷作家。

　　《好讀網》上《格雷》的五顆星評價大約有 50 萬 9,000 則，而五顆星評價通常是一種趨勢。讀者茹珀登寫給其他潛在書迷的留言是：

1. 請務必備妥面紙，因為在閱讀的過程中會有太多情緒湧上來，讓你淚流不止。
2. 請先留下足夠的時間，因為在翻開封面之後你就沒有辦法停下來。
3. 最後一點很重要：舉凡冷水、冰塊、涼爽的衣物和任何冷卻設備如中央空調或電風扇，都要隨手可得。

另一名讀者克蕾兒則是留言給虛構的格雷：

> 我清醒的每一分鐘都在想你。夢裡也都是你。我對你的故事如此痴迷，分分秒秒都要好好把握來閱讀你的消息。寢食都難安，因為我不願停止想你。

茱麗安娜的評價是：

> 我一直處在「這本愛情小說實在夢幻美妙到不可置信」的高潮裡，但這本書又意外地相當幽默。我一邊讀一邊享受期待的愉悅，但同時又焦慮緊張得要命。

詹姆絲的書迷其實透露出很多重點。他們在描述閱讀體驗的時候，都不斷地提到了「身體」。茹珀登提到流淚和發燙、克蕾兒說她不吃不喝、茱麗安娜則說期待和緊張強化了她的身體感知。我們吸收了《好讀網》書友的意見之後，又把書重讀了一

遍，開始留意不同細節，然後才恍然大悟——「情感連結」和
「親暱對話」雖然是《格雷》暢銷的基礎，但詹姆絲能在基礎上
蓋出摩天大樓，靠的卻不是這兩個題材。

身體密碼

　　高中老師應該都教過我們在閱讀的時候要懂得思考，要發現
意義、分析內容、有所領悟。我們還要寫讀書心得，然後有些人
就一輩子靠這個技能吃飯。英文系教授和評論家便是透過這樣的
理性思維與閱讀體驗，建構他們對一本書的詮釋和評價。

　　很多人對《格雷的五十道陰影》相當不以為然，書評和情慾
小說作家對它的怨言絕對不比知識分子少。安娜塔希婭怎麼可能
連自己的筆記型電腦都沒有就完成大學學業？她怎麼能在初體驗
的時候就高潮那麼多遍？格雷怎麼可能才二十幾歲就白手起家創
造上億身價，而且還帥到讓人無法直視？波特蘭有辦法通車到西
雅圖嗎？這些情節簡直是污辱大家的常識，難怪這本書的成功令
人如此困惑不解。

　　其他評論人員對《格雷》的旋風也感到厭煩，因為他們分
析不出這本書的意義。很顯然地，格雷和安娜並不能真正反映出
BDSM 的族群。有人認為，格雷的心路歷程很弱，就是一個心理
有陰影的人透過性虐待、性癖好得到救贖與療癒；也有人不斷抱
怨，認為安娜願意屈服就代表詹姆絲自己其實反對女性主義。

　　這些論調的基礎是我們閱讀的時候都帶著理智，我們不斷進

行詮釋，希望可以從中得到有用的「啟發」。但不必我說大家也曉得，《格雷》不是一本「啟發心靈、刺激思維」的小說。比起其他書籍，這本書的暢銷才真正逼我們去理解、去真實面對到底大家讀小說的理由是什麼。除非我們不把它的成功當一回事，否則這股旋風其實是在求我們去認真思考：哪些因素造就一本好看的小說？誰說了算？標準是什麼？我們只要能回答這些問題，就能理解紐澤西書商的困惑，為什麼她的讀者都覺得《格雷》很愚蠢而且寫得很爛，卻又如此著迷？這本書絕對無法獲得普立茲獎評審的青睞，但是它既然能得到 1 億 2,500 萬人的注意，就很值得我們去研究。這代表了，無論你的個人偏好是什麼，這本小說達到了其他小說達不到的成就。

　　《格雷的五十道陰影》掀起一連串狂熱評論，讓我們認真思考讀者對文學作品的情緒反應和心情。讀者一直反覆強調這本小說攪動他們的情緒、牽動他們的心弦、撥動他們的感受。他們堅持閱讀這本書的快樂不只是因為腦子很享受，而是心臟、情緒、身體還有靈魂也都很享受——如果你相信有靈魂的話。問題是，這種對文學創作的喜好一直被害羞與困窘所掩埋。有一位文學經紀人比喻得很好，她寫道：「我在閱讀的時候整個人會不禁縮起來，就好像在聖代上面貪心地多加一球冰淇淋或是節食的時候偷吃巧克力一樣。這麼做很爽，可是不太應該。」這就是帶著內疚的快感！

　　但是閱讀的時候不能「很爽」，這種教條由來已久。從 1774 年到 1820 年，美國只出版了九十本小說；但到了 1840 年代，小

說出版量激增到八百本。供給量增加是為了滿足需求，尤其是女性讀者，她們貪嚙著小說而且還欲求不滿。很快地，大家去買小說的原因都是想獲得閱讀的快感。1855 年最暢銷的小說是瑪莉亞・康明斯（Maria Cummins）的《點燈人》（The Lamplighter，暫譯），描述一個沒人愛的年輕孤女葛蒂在飽受監護人虐待之後獲救，學會了愛、價值和信仰，但不失去自我與純真。最後，她經歷了成長，也贏得了愛情。《點燈人》的銷量驚人，第一年在美國賣出七萬冊、在英國賣出十萬冊，接下來數十年持續擁有廣大讀者。

　　有一位書評說這本書是「最原創、最自然的故事」，但知名作家納撒尼爾・霍桑卻很不以為然，認為這本書實在太濫情，他還因此質問他的編輯：「《點燈人》究竟憑什麼賣得這麼好？」霍桑甚至還撂下狠話，說他寧可放棄寫作，也不願意和這個「隨便創造『垃圾』讓美國讀者著迷的女人」齊名。這種觀點在日後也未曾消解。

　　到了二十世紀，詹姆斯・喬伊斯在《尤利西斯》裡讓我們認識了另一個葛蒂。喬伊斯筆下的葛蒂刻意挖苦《點燈人》的女主角：她的「缺陷」就是思想不純潔，心心念念都在想著她的「下面」。

　　儘管《點燈人》的銷量驚人，但兩位權威的男性作家都不願認真看待康明斯創造出來的葛蒂和她的故事。兩人都反對（並羞辱）這本小說，認為它完全在煽動讀者的情緒反應。

　　一百五十年後，書評圈裡盡是霍桑和喬伊斯這樣的人，他們和其他作家一樣，喜歡把小說當成社會政治論述的舞台或表現自

我的場域,而非享受愉悅的媒介。當時霍桑推薦的最佳書籍,前十名分別描寫了美國的偉大、記錄了歷史、描繪了政治、或充滿了詩意。但還是有些學者對《點燈人》和女性作家的當代小說態度較為平衡,有人還大方讚揚小說的抒情功能。這些學者往往是女性,她們很認真看待「小說的魔法」,相信小說可以讓讀者沉醉其中、逃離現實並得到歡愉。她們認知到,有些小說能受到大量讀者歡迎不是因為它們對我們「說」了什麼,而是它們對我們「做」了什麼,我們看這些小說時根本不必感到害臊。

珍妮絲・蘿德薇(Janice Radway)投入多年心血,研究大眾閱讀熱門書籍的原因,她生動說明了自己閱讀小說的經驗:

> 對我來說,有時候書本不只是一件物品或商品,它可以帶我去任何地方,讓我著迷出神到彷彿被催眠一樣,簡直無法言喻。作家馬塞爾・普魯斯特曾說,閱讀是「獨處時寶貴的自我對話」,可以凌駕人的理智。當這種情況發生時,書本、文字和自我都消融了,而「我」變成另外一個人,我的思維邏輯也和過去不一樣了。這種明確、感官、深入的情緒經驗,唯有透過閱讀才能獲得,而且心靈和身體的感受一樣美好。

我們在寫這本書的時候,請了班上的大學生來做實驗,讓他們用近乎冥想的方式觀察自己在閱讀新書時的反應。他們看書時會思考、會解讀,但他們的情緒呢?更重要的是,他們的身體對

文字有哪些反應？

　　我們會問學生：你哪時候會心跳加速？你哪時候看得很焦慮？你哪時候感到害怕？你哪時候看到情慾高張？你哪時候看到寒毛直豎？你哪時候會不禁笑出來？你哪時候想要對書中的人物咆哮？你哪時候想把書砸到牆上？

　　這些是我們要注意的另一種閱讀體驗，我們在課堂上發給學生幾本小說，並給予指令，若他們在閱讀時感受到身體反應便安靜地舉起手。剛開始，學生都覺得我們瘋了。但幾堂課之後我們發現，《紐約時報》排行榜上的暢銷書幾乎念不到十頁，所有人就都舉起了手，但不暢銷的書就沒有這種盛況。

　　《格雷的五十道陰影》就是一個讓人心動、心跳和心疼的故事。詹姆絲讓讀者的身體有反應，讓讀者「對這幾本書上癮了」。直到我們發現詹姆絲多麼擅長煽動讀者的反應，才知道這本小說到底憑什麼這麼暢銷。

　　詹姆絲創造的情緒轉折非常密集，她的文字就像夜店音樂般不斷撩撥著讀者的身體。和詹姆絲的轉折頻率相近的暢銷小說只有二十五本，其中強度相似的竟然只有一本，而那一本書同樣在出版之後受到毀譽參半的熱烈迴響，銷量還超越了《格雷》——它就是丹‧布朗的《達文西密碼》。

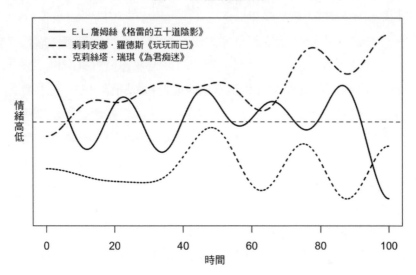

圖 4　三種情緒曲線

（圖例）

—— E. L. 詹姆絲《格雷的五十道陰影》

- - - 莉莉安娜‧羅德斯《玩玩而已》

‧‧‧ 克莉絲塔‧瑞琪《為君痴迷》

情緒高低

0　　20　　40　　60　　80　　100

時間

完美曲線

　　我們來看一下「圖4」中的三條線。

　　這三條線代表了三位情慾小說作家如何在小說裡創造出人物（和讀者）的情緒反應。圖表的正中間有一條水平線，代表平靜無波的情緒。水平線以上的部分表示人物處在正面情緒：曖昧、放鬆、開心、興奮、雀躍、戀愛──各種讓人很滿足或很愉快的感受。高峰愈高，當下的情緒就能延續愈久。水平線以下的部分則代表人物走入了比較負面的處境──以這三本愛情小說來說，就

表示這對戀人情事不順，可能是他們起了衝突，或是周遭有些變化威脅到他們的感情。

　　這三本小說一開始都是獨立出版，但你不用知道哪條線代表哪本書，光看圖就可以憑直覺猜中是誰虜獲了主流市場，彼此之間的差異一清二楚。這三本小說的題材都一樣——「億萬富翁」、「愛情」、「性」、「偏差性格」，但是光靠這些題材不足以寫出熱銷全球的書。《為君痴迷》（Addicted to You，暫譯）的情緒較為沉重，男女主角都有毒癮、都走到了人生最低點，因此這本書的情緒曲線幾乎都在水平線之下；相反的，《玩玩而已》（Playing Games，暫譯）就顯得輕鬆許多。

　　曲線轉換方向的地方通常也是發生衝突或解決衝突的地方。高峰與低谷愈密集，小說人物與讀者的情緒起伏就愈頻繁，就像坐雲霄飛車一樣；峰谷的坡度則代表情緒轉折的強度。用市場和書評的語言來說，這些數據代表的就是「放不下」、「懸疑刺激」、「扣人心弦」、「完全上癮」。

　　我們有個朋友，他的版權經紀人一直沒辦法把他的小說賣出去，七間大出版社的編輯看過書稿都說喜歡，但就是沒有進一步行動。這是一種「不知怎地」、「說不上來」的感覺，似乎表示這本小說的文字魅力不夠強大，而電腦正好可以幫我們找到問題出在哪裡。

　　我們分析了朋友作品的情緒曲線，他馬上就明白了。所有想暢銷的作家都應該要知道，你一定得在前四十頁就讓讀者上鉤，就連約翰・葛里遜也不敢違背這個教條，許多負責選書和審稿的

編輯甚至還覺得四十頁的標準太過寬鬆。作家一定要在讀者讀到四十頁之前就緊緊鉤住他的心、他的神經、他的寒毛──而情緒曲線讓我們的朋友看清楚自己原來都沒有做到。

我們從圖表上第一個高峰或低谷有多陡峭，就可以知道你究竟是給讀者會心一笑的溫和情緒，還是強烈到無法呼吸的壓迫感。如果你沒辦法鉤住讀者，他們讀了幾章就會放棄。同樣地，如果你在床頭放了一本書，並一直對自己說「真的應該好好讀它」，但卻連兩段都沒辦法讀完，那這本書可能完全「拉錯線條」了。

我們的朋友的確創造出高低起伏的情緒，就像「圖4」裡的另外兩個情慾小說作家也寫出了高峰和低谷，但朋友的第一個「坡」只能算是小丘陵，稱不上是高峰。於是朋友重寫了小說開頭，添入更多情緒和戲劇張力，讓人物承受更多風險、強化他們的衝突。在他「拉對線條」之後，就有編輯願意出版了。

我們再來看一下「圖5」裡詹姆絲的完美曲線：高低對稱、韻律協調，而且她還利用振幅與頻率保持衝突高張，讓讀者坐立難安。我們把書中幾個重要橋段都標了出來。

黑色粗線的後方有一條顏色較淺、高頻率震盪的細線，宛如是小說的脈搏。曾經反覆閱讀《格雷》十次以上的讀者（這種人不少）應該可以輕易辨認出這些細微的情緒轉折。線條的高低顛簸代表了安娜欣喜或心痛的時候，可能是她和格雷更認識對方或更誤會對方的橋段，大概每隔幾頁就會出現這樣的情節。這種不斷

圖 5　《格雷的五十道陰影》情緒曲線

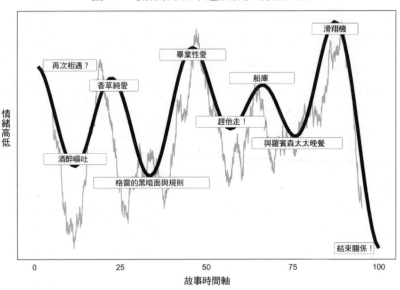

發生的輕微衝突和化解，就形成了戀人之間的「電力」，也正是
這本書引人上鉤的魅力所在——戀人之間的電量圖哪有直直的
呢？

　　不過，在電腦模型裡，我們可以畫出更柔和的一條曲線，藉
此呈現出較低頻率的情緒起伏。這條黑線講述了小說的故事，並
且在一定程度上顯示了劇情節奏的快慢。如果你從來沒看過《格
雷》，只要掌握圖中標示出來的幾個主要場景和這條曲線，就可
以在六十秒內搞懂這本書在講什麼。

　　情緒曲線第一次走下坡時，是安娜要去格雷的辦公室採訪他，而且還必須要問他是不是同志。當時兩人之間早有火花，格雷根本不可能是同志（兩人之間的熱度已經很明顯了），這個問題顯然很白目。安娜當下簡直窘到不行，但幾頁之後她還有更糗的事。

　　看看曲線圖上第一個低谷的谷底，在那場戲裡，安娜不勝酒力，在酒吧裡喝到爛醉，於是借酒壯膽，撥了電話給格雷後又後悔，她掛了格雷電話，結果格雷竟出現在酒吧裡。安娜這時發現格雷俊俏迷人，但隨即嘔吐在杜鵑花叢裡，在心上人面前丟臉到家。

　　曲線圖上有個高峰叫做「香草純愛」，當時安娜承認自己是處女，而且很想要有所突破，向格雷屈服之後享受了好幾頁的激情性高潮。這本小說就一直這樣下去，高高低低，最後來到了結局前的最高點。在滑翔機的那一場戲，格雷給安娜一個驚喜，帶她翱翔天際，這是兩人最愜意最自由的時刻。格雷難得開朗，安娜也沒有想太多。

　　通常這樣的高點表示最後會有圓滿結局，這是我們對一般言情小說的期待。但詹姆絲在最後一刻破壞了這樣的期待，她不但沒讓有情人終成眷屬，還拆散他們。真壞！光看最後的情緒曲線跌得多快多深，就可以知道安娜的心有多疼，她在這一場戲裡面太過為難格雷，懊悔之後又決定永遠逃離他身邊。這本書的結局是男女主角都很絕望，付出真心在看書的讀者也很絕望——誰也不想接受這個結局！

　　於是，第二集照樣賣得嚇嚇叫。

圖 6 《格雷的五十道陰影》三幕劇架構

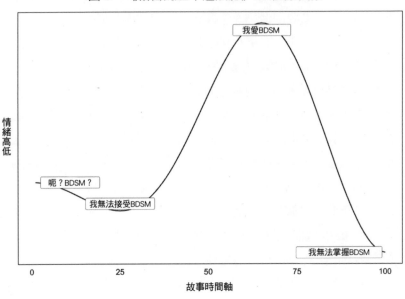

如果我們把《格雷》的情緒曲線畫得再柔順一點，就會看到
更多證據顯示詹姆絲有多善於布置情節。早從古希臘時代至今，
所有小說、電影或戲劇創作的老師都會提到「三幕劇架構」，分
別指故事的「鋪陳、衝突、化解」，講得白話一點便是「情節升
高、高潮轉折、情節冷卻」。熟練此基本架構的作者都很清楚，
情節要在全書三分之一處轉折，然後到了三分之二的地方再轉一
次。我們用這個層次來檢視《格雷》就不會那麼微觀，但仍可以
看出情節的基本輪廓；用比較宏觀的角度來看，這本書就不是

「都在寫 BDSM」，而是在論述安娜對 BDSM 的態度。讓我們來看看「圖 6」。

　　我們把研究書目裡的每一本小說都拿給電腦分析，畫出情緒曲線圖，發現所有的小說都可以區分成七種不同的情節走勢。當然，同一種走勢的小說彼此還是會有一些差異，舉例來說，有可能這本小說的曲線比較誇張，另一本則不太明顯；又或許這本小說的結局比那本更強烈。但原則上列在一起的小說都順著同樣的走勢，在我們研究範圍內的每一本小說都不脫這七類的範疇。

　　要理解這七種情緒曲線（見圖7），最容易的方法就是去觀察一個故事的三幕劇架構、中間點，以及開頭與結尾之間的差異。你要特別留意全書 30%～35%、60%～65%，以及正好一半的地方，發生了什麼事；作家通常會在這三個關口改變主角的命運。[8]此外，你還要去比較結尾的情緒是比開頭更欣喜亦或更慘澹。

　　一號情節是慢慢從艱困中走向幸福，這種故事的特色是結

8　編註：許多三幕劇架構的小說與電影戲劇並不是把整個故事等比例切成三段，因此「換幕」的地方未必會正好發生在全書「30%～35%」與「60%～65%」的地方。作者這樣寫應當只是示意，用來表達故事「進入第二幕」與「進入第三幕」的兩個轉折。想要深入瞭解三幕劇架構，可以參考席德・菲爾德（Syd Field）的《實用電影編劇技巧》（Screenplay:The Foundations of Screenwriting）；想要進一步瞭解戲劇的「中間點」，可以參考布萊克・史奈德的《先讓英雄救貓咪》。

圖 7　一號情節

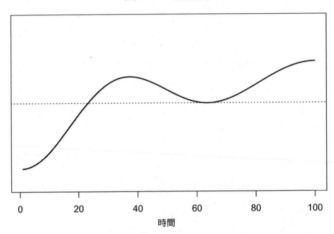

時間

局比開場來得快樂。小說剛開始的時候人物處於困境，幾幕之後，正當一切開始好轉，幸福又可能破滅。採用一號情節的小說包括了約翰‧葛里遜的《終極證人》、金‧愛德華茲的《不存在的女兒》、詹姆斯‧派特森的《我，克羅斯》（I, Alex Cross，暫譯）、諾拉‧羅伯特的《摩里根的十字架》（Morrigan's Cross，暫譯）、蘇‧奇德的《蜂蜜罐上的聖瑪利》和《翅膀的發明》（The Invention of Wings，暫譯）。

　　二號情節似乎和一號相反。歸納為二號情節的小說包括了蘿倫‧薇絲柏格的《穿著 Prada 的惡魔》、珍妮‧伊凡諾維奇的《臭名昭著的十九》（Notorious Nineteen，暫譯）、湯姆‧沃爾夫的

圖 8　二號情節

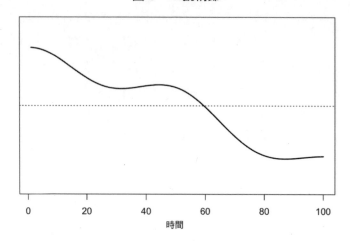

《走夜路的男人》、湯姆‧克蘭西的《彩虹六號》、安東尼‧杜爾的《所有我們看不見的光》。這種故事雖有許多不同版本，但情緒曲線都很直接了當。某些小說會在中間點讓情緒稍微好轉、帶給人物更多希望，但因為這種故事為人物塑造出很艱困的環境，導致人物可能會因為誤判而做錯決定。隨著故事走向尾聲，情緒曲線會稍微上揚——請注意這條曲線在最後五分之一會漸趨平緩，而不是一直往下愈沉愈深、直到最後一頁都還在往苦裡鑽。到最後，小說人物在經歷了 80% 的逆境篇幅後，終於妥協認輸。

　　我們當然不是第一個替小說情節分類的文評，但我們作者之一的馬修或許是第一個靠電腦運算來做分類的文評。1959 年，威廉‧福斯特哈里斯（William Foster-Harris）主張小說情節可以分為三

種：令人開心的結局、令人難過的結局、為文學而文學的情節。
到了 1993 年，朗諾・多比亞（Ronald Tobias）認為有小說情節有
二十種。但有人說只有一種，也有人說有三十六種。在各種說法
當中，以克里斯多福・布可的七種分類最廣為人知，他花費數十
年、閱讀上千本小說，就是為了要證實他的理論。

　　我們用電腦來分析小說的情緒曲線，得到的結果和布可的
論述非常接近。布可是榮格派學者，從來不用圖表來呈現情節走
勢，但我們相信我們的研究可以支持布可的基本論述，而且他的
七種分類和我們發現的七種曲線是一致的。

　　一號情節與二號情節很接近布可所謂的喜劇與悲劇。以文評
的定義來說，喜劇並不是指讓人大笑的故事，而是指主角漸入佳
境，克服了荒謬或複雜的問題，最後得到圓滿的結果。喜劇的主
要情節是「從困惑到領悟」，似乎很符合一號情節的曲線。

　　二號情節看起來則像是布可與其他人所稱的悲劇。同樣地，
悲劇並不是指每個人都陷在慘況裡。《穿著 Prada 的惡魔》不是
《王子復仇記》，但作者筆下的女主角安德莉亞卻得用代價最高的
方法去習得職場與人生教訓，她之所以吃這麼多苦頭是因為她忽
略了直覺與智慧，還冷落了真正愛她的人。悲劇經常以傲慢為主
題，驅使小說人物走向情緒的死蔭幽谷。這種情節通常在講主角
的內在衝突與人格缺陷，講他如何自作自受；也會提到配角與環
境的「邪惡」，讓主角的處境更加煎熬。這種小說的結局往往帶
有淡淡的憂傷，儘管主角明白自己鑄下了什麼錯，但一切已經太
遲。以安德莉亞來說，她失去了愛她的男友，還為了控制欲強烈

圖 9　三號情節

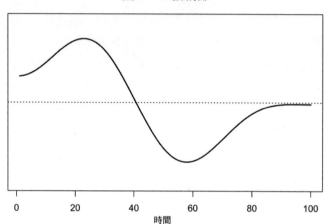

的老闆和「伸展台雜誌社」的工作傷害了家人情感。等到她知錯且辭職的時候，她只能搬回家和爸媽一起住，並且在雜誌產業的另一塊重新發展。

　　三號情節可以稱為「皇天不負苦心人」或「麻雀變鳳凰」（這是布可的說法），《仙履奇緣》和《簡愛》就屬於此類。但這並不表示故事裡面一定得有個年輕主角，這類情節其實在描述從危機到成功的過程。

　　這種情節主要是主角先經歷了一樁喜事（如灰姑娘在舞會裡遇見王子），然後失去一切（如午夜鐘聲使灰姑娘的魔法消失），最後從絕望走向圓滿結局。這種情節不一定要是愛情故事，很多不同類型的小說都採取了同樣的情節走勢，其中的暢銷書包括了艾妮塔‧

圖 10　四號情節

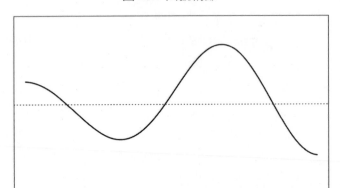

雪佛瑞的《證詞》（Testimony，暫譯）、譚恩美的《灶神之妻》（The Kitchen God's Wife，暫譯）、史蒂芬‧金的《戰慄遊戲》、勞勃‧勒德倫的《帝國噩夢》、黎安‧莫瑞亞蒂的《小謊言》。

　　四號情節和三號相反，《格雷的五十道陰影》就是這一種。布可所謂的「重生」應該就是指四號情節，對他來說，這種情節往往會讓主角經歷變化、新生和蛻變。故事裡有一股很強的影響力，但偏偏很黑暗或很腐敗，所以第一場內心戲就是主角情緒低落，因為他的價值觀動搖了，他的世界變得很複雜。小說人物第一次走下坡的時候會經歷信心危機或自尊心低落，然後才能再站起來面對新的體驗、新的領悟、新的自我。這類小說通常最後會

是負面情緒的開放式結局，或者人物繼續因為別人帶來的改變而掙扎、陷入危機。

　　布克獎得獎作品、希拉蕊·曼特爾的《狼廳》便是四號情節。[9]曼特爾以英國國王亨利八世的親信湯瑪士·克倫威爾為主角，從他的觀點來重新詮釋亨利八世的婚姻，回述亨利八世想要和王后凱瑟琳離婚，娶安·波林為妻。克倫威爾身處險境，完全靠他堅忍不拔的性格才得以生存。在小說的最後，英國創立國教，紅衣主教死了，波林沒有生出繼承人──全部都很慘。

　　採用四號情節的其他小說包括了寶拉·麥克蓮的《我是海明威的巴黎妻子》、史蒂芬·金的《末日逼近》、茱迪·皮考特的《離別時刻》、凱特·莫頓的《被遺忘的花園》。

　　五號和六號情節（圖11與圖12）就像彼此的鏡像，它們在全書進行到一半的時候都有轉折，所以情緒曲線畫起來會像「W」有兩個低谷，或像「M」有兩個高峰。尼可拉斯·史派克的《手札情緣》與《最後一曲》、戈馬克·麥卡錫的《長路》、詹姆斯·派特森的《死亡的渴望》（Hope to Die，暫譯）、依蕾娜·內米洛夫斯基的《法蘭西組曲》都屬於五號情節，很接近布可所謂的「旅程

9　編註：布克獎為當代英文小說界的重要的獎項。該獎項每年頒發一次，頒發給以英文寫作、曾在英國出版的作品。2002 年，曼財團（Man Group）成為布克獎的贊助商，布克獎的名稱由 Booker Prize 改為 Man Booker Prize，因此有時也翻譯成曼布克獎或曼氏布克獎。一般通稱為布克獎。

圖 11　五號情節

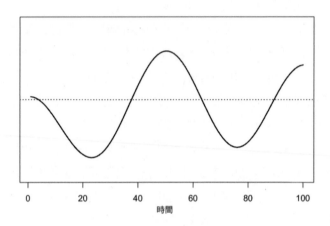

時間

圖 12　六號情節

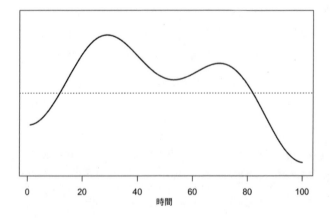

時間

與回程」。

　　這類型的故事描述人物被拉進了一個完全不同的世界，迷戀其中，在經歷過黑暗的轉折後，帶著愉快的心情回到原本的規律。布可舉了很多例子，以《愛麗絲夢遊仙境》和《格列佛遊記》最為經典，主角都真的去到一個離奇新世界，並在旅程中受到情緒或認知上的衝擊。《手札情緣》裡的富千金與窮小子都離開原本的背景，進入了新環境，同時因為女主角艾莉罹患失憶症，完全遺忘了自己的人生經歷，所以他們在回憶的過程中也算是進入了新場域。許多愛情小說家都喜歡採用五號情節，在小說進行到一半時創造第一場愛情戲的高點，然後讓劇情急轉直下，拆散這對情侶，最後才讓他們重逢。

　　六號情節在講「追尋」，就是不斷地尋找；這類故事多在描述未知的領域和打怪的過程，包括真實的怪物和象徵意義的怪物。主角會經歷意外的冒險、破滅的希望，最後完成追尋的任務。電腦模型認為屬於這種情節的小說包括了法蘭岑的《修正》、塞爾曼‧魯西迪的《魔鬼詩篇》、克莉絲汀‧漢娜的《最好的妳》、米奇‧艾爾邦的《來自天堂的第一通電話》、艾蜜莉‧吉芬的《愛情的抉擇》。

　　前六種情節都兩兩互相對應，但唯獨七號情節沒有辦法湊成對。寇特‧馮內果（Kurt Vonnegut）說這種故事在寫「谷底的男人」，布可則稱這種情節是「打敗怪獸」。通常在這種故事裡有一個英雄、一個壞蛋，還有一個威脅，可能是惡龍或疾病、險惡的環境或腐敗的制度，不消滅就會危及劇中人物或文化；而主角

圖 13　七號情節

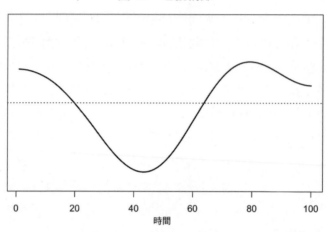

必須扛下責任，改變自己的命運，讓一切好轉。七號情節的小說
包括了克里斯・克里夫的《小蜜蜂》（Little Bee，暫譯）、安妮塔・
戴蒙德的《波士頓女孩》（The Boston Girl，暫譯）、約翰・葛里遜的
《失控的陪審團》、馬修・魁克的《派特的幸福劇本》、莎蓮・哈
里斯的《南方吸血鬼系列：攻琪不備》。

　　我們也很想知道有沒有八號情節：劇情從逆境變成順境，然
後又回到逆境。但電腦始終沒有畫出這種曲線，並沒有一個「山
頂的男人」來和「谷底的男人」遙相對應；暢銷書裡也都沒有出
現這種類型。不過我們覺得這樣才合理，畢竟有誰會想看這種小
說呢？

沒錯，以上七種情節都有暢銷書採用。但我們發現在所有小說裡，只有少數幾本的情緒曲線類似《格雷的五十道陰影》。本章最後列出了二十五本和《格雷》曲線最接近的小說，請大家好好注意這裡面有哪些作家：史蒂芬・金、賈姬・柯林斯、丹・布朗、希維雅・黛、丹妮・斯蒂爾、李查德、詹姆斯・派特森——全都是銷售破百萬冊的暢銷作家。

情感分析

過去幾十年來最瘋狂暢銷的兩本成人小說就是《格雷的五十道陰影》和丹・布朗的《達文西密碼》（這裡的「成人小說」是指非《哈利波特》那類的書）。儘管丹・布朗的《地獄》和《格雷》同樣都採取了三幕劇架構，但節奏強度和韻律最接近《格雷》的還是《達文西密碼》。我們把這兩本書的情緒曲線並列，畫出了這張強大的圖表，如果還有人說這兩本書賣得好是走狗運，就拿這張圖去封住他們的嘴吧！

明明是兩本不同的書，但它們只有結局的情緒不一樣，其他部分都極為相似。一般人很容易覺得這兩本小說毫無共通之處，從作者、類型、主題到風格都不一樣，但這兩位作家都很擅長挑動讀者的心臟和神經，擁有這種功力的作家並不多見。我們的研究書目當中，只有少數幾本能密集牽動讀者情緒，而《格雷的五十道陰影》和《達文西密碼》就是情緒起伏最密集的兩本。在這兩本小說裡，每個高峰的間距一樣、每個低谷的間距一樣，甚

圖 14　《達文西密碼》與《格雷的五十道陰影》

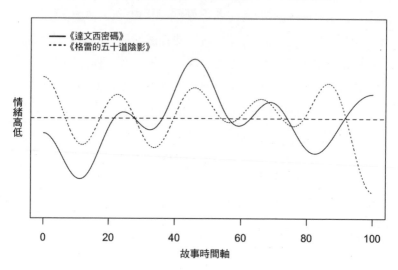

至連每個高峰和低谷的間距也都一樣，原來市場喜歡這種和諧的
節奏（我們得承認，這兩本書吃下了全球市場）。這兩本書的情緒曲線能
如此相仿實在罕見，唯一的差異是《格雷》並非獨立成冊，後面
還有兩集，所以第一集的結尾走到了低點，好讓我們更期待第二
集。在這兩本書裡，小說人物在高點和低點的舉動都具體牽動著
他們的心情和感官，當小說人物喘氣的時候，讀者也跟著喘氣。
詹姆絲筆下的高點都在床上，而丹・布朗的高點通常是心情一
鬆，因為低點的時候都一直在被追殺。

　　這幾張圖表究竟是一場美麗的意外還是縝密的計畫？只有

圖 15　《達文西密碼》情緒曲線

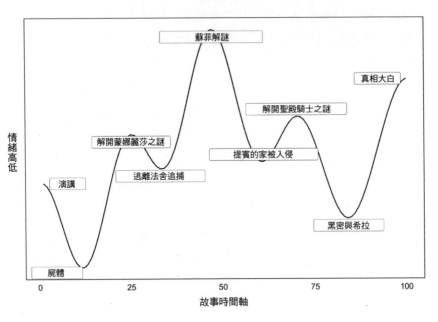

作家自己才知道答案。但這些圖表似乎解開了一個文學界的大謎團，下次當我們再看到同樣的情緒曲線，一定要出版那本書。

　　所以我們要怎麼把情緒和心情這種無形的感受轉化為白紙黑字？語言學者所稱的「情感分析」（sentiment analysis）可以幫我們把情緒的高低起伏表現出來。這項研究領域會運用電腦去研究線上影片和產品評論，但我們發現同樣的工具和技術也可以應用至小說研究。基本原理是先訓練電腦把一本書從頭到尾看完，而

且在閱讀的過程中要注意正面和負面的情緒語言。回想一下《達
文西密碼》裡面的這一幕：蘇菲興高采烈地回想她的「第一個密
碼」，也想起了幼時祖父曾經帶她去羅斯林教堂那條「布滿密碼
的拱道」：

> 他帶著蘇菲回到稍早來過的那條精緻的拱道下。蘇
> 菲立刻咚地一聲倒在地板上，仰天看著上方那個謎樣石
> 塊所組成的拼貼。「你回來之前，我要破解這個密碼。」
> 　「那我們來比賽。」他彎腰吻了她的前額，然後走到
> 附近的側門。

　丹·布朗描繪的故事相當緊湊，但他利用這個小插曲來停下
動作，提供背景資訊。我們的機器辨識出這是個輕快的時刻，在
激烈動作充斥的故事裡稍微暫停，提供一點正面情緒。這一幕讓
我們看到比較私人、柔和、懷舊的場景，和高張、高壓的劇情形
成對比。相較於蘇菲靜謐的童年回憶，西拉的回憶則是：

> 那些回憶依然交纏他不去。
> 　放棄你的仇恨，西拉告誡自己。原諒那些曾侵害你
> 的人。
> 　仰望著聖許畢斯教堂的兩座石塔，西拉與那股熟悉
> 的回頭浪奮戰……那股力量常常把他的思緒往回拖，再

度將他囚禁於年輕時待過的那個監獄中。那些煉獄的回
憶一如往常湧來，有如暴風雨般搖撼他所有的感官……
腐爛包心菜的難聞氣味，死人、尿和排泄物的惡臭。庇
里牛斯山的咆哮狂風中傳來絕望的哭喊，還有被遺忘的
人們的低聲啜泣。

這兩段回憶的情緒差異很明顯，對機器來說也同樣明顯。

這些正面與負面情緒的片刻在小說裡不斷堆積或散逸。每一
本小說都有一趟獨特的旅程，作者就是用這些曲折來讓人物不斷
前進，同時引領讀者經歷或化解衝突。以宏觀的角度來看，這些
累積的片刻就像散落在文章裡的標點符號，當機器偵測到情緒的
高低起伏，就標記了小說的重點或轉折點。從資料來看，每一本
小說都可以被機器畫出很精細或很概略的曲線。

最後，數百種情緒曲線讓我們知道暢銷書可以任意變化三幕
劇架構，「谷底的男人」未必比「麻雀變鳳凰」更有機會暢銷。
雖然用宏觀的角度看曲線比較不容易看出一本書暢銷的機率，但
關鍵是作者如何控制每一幕之間的節奏，掌握這招便能賺入上百
萬美元──那就是情緒起伏要夠強、夠頻繁、夠鉤人。

電腦選書：情節類

情緒曲線類似《格雷的五十道陰影》前十名

1. 丹・布朗《地獄》
2. 李查德《地獄藍調》
3. 賈姬・柯林斯《幸運》
   （Lucky，暫譯）
4. 麥可・康納利《燃燒的房間》
   （The Burning Room，暫譯）
5. 希維雅・黛《謎情柯洛斯 III：熾愛》
6. 戴夫・艾格斯《揭密風暴》
7. 羅勃・蓋布瑞斯《杜鵑的呼喚》
8. 查德・哈巴赫《防守的藝術》
9. 史蒂芬・金《狂犬庫丘》
10. 茱迪・皮考特《離別時刻》

最佳節奏迭起前十名（已排除《格雷》與《達文西密碼》）

1. 湯姆・克蘭西《愛國者遊戲》
2. 湯姆・克蘭西《老虎牙》
3. 格蘭・辛溥生《蘿西效應》

4. 茱蒂・珂琳絲《我要曼哈頓》
（I'll Take Manhattan，暫譯）

5. 喬治・馬汀《冰與火之歌：權力遊戲》

6. 詹姆斯・派特森《跑吧！克羅斯》
（Alex Cross, Run，暫譯）

7. 詹姆斯・派特森《無形之愛》

8. 馬丁・克魯茲・史密斯《北極星》
（Polar Star，暫譯）

9. 尼可拉斯・史派克《分手信》

10. 湯姆・沃爾夫《走夜路的男人》

第 4 章

小說文字運用

為什麼連一顆逗點都很重要？

　　2013 年 7 月初，某位美國教授接到了一通來自大西洋對岸的電話，話筒另一端的陌生人請他破解一道謎題。一週內，他成為了鎂光燈的焦點，所有的國際報導都是他的消息。

　　這很像丹・布朗筆下的情節，寫成小說搞不好還能賣出幾百萬冊。但這是真人真事，主角並非《達文西密碼》的羅伯・蘭登，而是派崔克・卓拉（Patrick Juola）；卓拉的研究領域不是象徵符號學而是「文本計量分析」，而這次他要研究的對象也不是天主教教會，而是 J. K. 羅琳。

　　卓拉是資工系教授，專長是用電腦分析文本來推斷作者身分，《星期日泰晤士報》的記者請他調查一本新小說，書名叫《杜鵑的呼喚》，作者是羅勃・蓋布瑞斯。這位作家是個文壇菜鳥，他在英國皇家憲兵隊服役多年後開始創作推理小說。然而，記者手上握有情報，據說根本沒有蓋布瑞斯這個人，這本書真正的作者其實就是大名鼎鼎、寫下《哈利波特》的 J. K. 羅琳。

　　這是真的嗎？卓拉接下了這個案子，不到三十分鐘，電腦就給出了充分的證據來支持這項情報。卓拉能證明這本書是羅琳寫的嗎？不能，不過他願意賭一把，於是他將分析結果對外公布。當年的 7 月 13 日，儘管不甘願，羅琳終於承認那是她的作品。

　　羅琳說，她用「羅勃・蓋布瑞斯」的筆名創作，是因為她必須假裝成文壇新人，才能得到最真實的評價，否則大家在閱讀之前已有成見。如果你像她一樣曾經賣出過五億本《哈利波特》，

就知道在聚光燈或放大鏡底下創作有多困難。所以，她能不能請大家拿掉濾鏡、忽略她的名聲，認真客觀地評價她的小說？

　　或許不能──除非她冒充成其他人。但羅琳發現，在自己的作品出版以後，要創造一個新身分就沒那麼簡單了。所以她特別挑選了不同的類型、不同的讀者、不同的題材和不同的情節，為的就是要讓自己「心裡的那個傢伙」能夠順利創作；而且如蓋布瑞斯所說，她要「像個男人」。她這次是為成人讀者而寫，不再是青少年小說。儘管她刻意使用了不同的語彙，但羅琳發現，一個人實在很難改變或隱藏自己的創作指紋。

　　這樣想吧，有個金髮女孩叫裘蒂，她的肌膚白皙、有一雙湛藍的眼睛，身高約一百六十公分。以上描述都不屬於她的風格，而是她的基因表徵。她可以用很多方法去改變基因表徵，像是戴瞳孔變色片、染成黑髮、穿高跟鞋，甚至換上男裝。但是在不使用基因工程的情況下，她每次細胞再生的時候都還是會複製出同樣的基因。她可以穿上小資族套裝或夜店風連身裙來改變她給人的印象；如果她願意，她每一季都可以換穿不同的風格。但是她不可能改變自己天生的骨架，而且只要一綹頭髮，不管是金色或黑色，拿到顯微鏡底下都可以看出她真實的樣貌。

　　若說寫作方式也有同樣的基因架構，聽起來確實很怪。你可能會想，沒錯，每個作家使用字詞的方法都有其獨特之處，但這和遺傳基因的那種獨特不太一樣。可是多年來累積的「作者分析」與「文本計量分析」都指出，我們每個人都有獨一無二的創作指紋或文字風格。就算羅琳想要放棄自己的風格、刻意使用

「羅勃‧蓋布瑞斯」的筆觸寫作，文字裡還是有一些丟不掉的習慣和模式。卓拉的電腦才花幾分鐘就偵測到了這些模式，而這都是我們平常容易忽略的小細節，像是介係詞、代名詞和標點符號的使用。

有些作家的風格本來就比較相似，就像有些人的五官長得就是比較像。在某些情況下，不同作家在下筆的時候也會做出很類似的決定和選擇。影響一個人寫作方式的外在因素很多，其中以寫作目的和讀者屬性最為關鍵。就拿商用書信為例吧，想像一下，如果你寫完電子郵件按下「傳送」後才發現寄錯人，會有多想死！就算兩封信的內容相同，我們寫給老闆和摯友的信件口吻鐵定不一樣。所以，要辨別兩位不同作家的文筆真的不容易，光是一位作家在不同情境下就會寫出不同內容了。不過，以某程度來說，我們每個人都有習慣的文字風格，只是自己沒有察覺到。不管是字斟句酌還是匆匆寫下的段落，我們都一定會留下語言的記號，隱隱標示出我們的個人風格。肉眼讀不出這些記號，但是演算法偵測得出來，而這些語言記號就是所謂的「創作基因」。

我們當然得承認，創作基因和遺傳基因不一樣，但我們可以做一些有趣的比較。我們兩位作者之一的馬修和丹妮拉‧威騰（Daniela Witten）一起進行的研究顯示，用機器學習來分析遺傳基因的研究方法，也同樣可以套用至語言的數據分析。

用最簡單的方法來解釋，基因決定了細胞的功能。生物資訊學家和統計學家會分析基因表現的數據來預測不同的發展結果，舉例來說，某些基因表現可以用來推測癌症發生的機率。如果我

們把文字比擬成基因，那我們可以說文字的基因決定了一本書的功能。就像我們在第二章所說的，主題要靠單字堆砌，尤其是名詞，所以光從名詞就可以判斷一本書的主題。但小說裡不能只有名詞，要預測一本書會不會暢銷，不能只看題材的組合。

　　《史蒂芬・金談寫作》反映出史蒂芬・金認真地思考過不同作家的風格，以及他們如何打造自己的風格。講到寫作技巧，史蒂芬・金建議每個作家都要建立自己的詞庫，收集使用起來得心應手的詞彙；他也建議作家使用正確的文法，並充分理解段落長度如何影響小說的語調和步調，例如進展迅速的恐怖小說往往段落短促、強勁、有力。史蒂芬・金對風格的思考如此深入，你大概會覺得他一定可以創造出新風格，但事實上連大師自己也沒辦法做到。

　　1970 年代晚期，史蒂芬・金決定隱匿真實身分，改用筆名「理察・巴克曼」（Richard Bachman）寫作，他想知道自己的成功究竟是「天分」還是「運氣」，所以他和羅琳一樣，捨棄自己親手打造起來的品牌，推出一本全新的著作。以史蒂芬・金的例子來說，我們不必動用電腦模型就可以看出風格上的相似之處，因為一名書商輕鬆把他給破解了。理察・巴克曼的第一本小說賣得不算好，但《銷形蝕骸》賣得很好。諷刺的是，這本書得到了這樣的一則評論：「如果史蒂芬・金懂寫作的話，這就是史蒂芬・金會寫的東西」。華盛頓特區有一名書商認為，如果這本書的作者不是史蒂芬・金，就一定是一個很會模仿史蒂芬・金的作家。於

是他寫信給史蒂芬‧金的出版商，然後史蒂芬‧金便決定在採訪中坦承這一切。

　　理察‧巴克曼就是史蒂芬‧金的消息一出，《銷形蝕骸》的銷量就從四萬冊激增到四十萬冊，直衝排行榜第一名；同樣地，羅勃‧蓋布瑞斯的真實身分一曝光，「他」的排名就立刻往上竄。但其實巴克曼和蓋布瑞斯這兩位「新人作家」，原本就已經有不錯的成績，他們比同類型的其他新人作家表現得更好。書市裡有上千位恐怖、驚悚、犯罪類型的小說家在互相競爭，這兩位默默無名的作家為什麼有辦法虜獲那麼多讀者的心？還有，第一次創作的作家要怎麼樣才會受到矚目？這些我們等一下就會看到，關鍵就在於風格。

　　《紐約時報》的書評可能會認為，虜獲市場的寫作風格包含了優美的比喻、華麗的詞藻、複雜的情緒。這些書評在文學世界裡雄霸一方，但是文本計量分析並不是要去搶他們的工作，而是要用更有說服力的方法和書評合作。我們利用演算法分析寫作風格，觀察的並不是作家的文筆有多令人激賞，也不是作家如何用全新方式講述老掉牙的故事；我們要觀察的是作者文體內那些最常見、最無聊的寫作特徵。結果誰都沒有料到，這些蛛絲馬跡經過統計分析之後，竟能準確地讓我們看出誰會暢銷、誰會冷門。

　　我們發現，史蒂芬‧金使用定冠詞「the」（《賓士先生》裡占了 4.8%）和 J. K. 羅琳使用介係詞「of」的頻率（《杜鵑的呼喚》裡占了 2.1%），都是暢銷的指標。你可能會說：「好，我承認史蒂芬‧金

把定冠詞使用得很巧妙，但這樣就能暢銷嗎？你有沒有看到他的行銷預算有多少？」但是，只要作家使用這些基礎單字的比例正確，他的第一本書就很有機會能奪下排行榜冠軍。

　　簡單來說，風格很重要，作者必須透過寫作風格才能傳遞情節、主題和人物。風格既像機械也像有機體，可以與生俱來也可以透過後天訓練。要看出風格的重要性，我們可以去觀察那些首次出書便登上《紐約時報》暢銷書榜的作家。大家都知道第一次寫小說就要上榜很難，但這樣講實在太輕描淡寫了，書市裡有幾十萬本書，有驚悚小說、言情小說、犯罪小說、家世小說和文學小說；若要談主題和情節，很多小說看起來都很像。正如入圍布克獎決選的小說家奇戈契・歐比奧馬在接受 BBC 採訪時所說：現在已經沒有新故事或新情節了，只有說故事的新方法。歐比奧馬指的就是風格。

　　風格很重要。它能賦予新作家新鮮感，還能牽動讀者、讓故事看起來不會很老套。當我們設定好電腦程式來分析數千本新小說的風格時，我們透過演算法更確認了這點：要讓一個熟悉的故事產生新感受，就是要靠風格。

買花

　　電腦運算可以用來分析作者的風格，而應用語言學裡的這一個分支就叫做「文本計量分析」。在文學評論的領域裡，這種

方法通常是用來尋找證據，驗證中世紀典籍如《高文爵士與綠騎士》究竟出自何人之手，或者莎士比亞的劇本究竟是不是他自己所寫。但這種運算方式並不限於文學研究，若應用於法務，這種文本分析還曾幫助難民爭取政治庇護，也有人利用電腦分析來打擊盜版。這種應用對法律事務與犯罪鑑定來說非常重要，甚是衍生出「司法語言學」這門分支。司法語言學專家分析過的文本琳瑯滿目，包括「炸彈客宣言」，還有美國選美小皇后被綁架後家屬收到的勒索信。很顯然地，查出「誰寫了什麼」有時候真的可以改變一個人的命運。[10]

但在小說出版界裡，對新銳作家來說，最重要的東西並不是「寫了什麼」，而是「該怎樣寫」，這個問題重要到可能會改變一個小說家的命運。談小說題材比較容易懂，但小說風格就必須要有明確的範例才好討論。我們從一本小說的第一句話就可以看出作者如何駕馭風格，以下列出三句廣為人知的開場白。

維吉尼亞・吳爾芙的《戴洛維夫人》開場很優雅：

戴洛維夫人說她要自己去買花。

10　最知名的作者分析案例是亞里山大・漢密爾頓（Alexander Hamilton）、詹姆斯・麥迪遜（James Madison）、約翰・傑伊（John Jay）匿名撰寫的《聯邦黨人文集》。早在 1997 年，理查・佛塞斯（Richard S. Forsyth）便發現《聯邦黨人文集》的問題「最適合做為文本計量分析的標竿」。本書作者之一的馬修與丹妮拉・威騰在論文〈作者分析之機器學習方法比較研究〉中便分析了《聯邦黨人文集》。

托爾斯泰的《安娜·卡列尼娜》開場很犀利：

> 所有幸福的家庭都十分相似；而每個不幸的家庭各
> 有各的不幸。

珍·奧斯汀的《傲慢與偏見》開場很淘氣：

> 凡是有錢的單身漢，總想娶位太太，這已經成了一
> 條舉世公認的真理。

　　這三句開場白被引用了無數次，受到全世界讀者的讚美、愛
戴、甚至盲目崇拜，所有小說家和讀者都記得這三句話。為什麼
這三句話這麼厲害？因為這三位經典作家都很清楚地在第一句話
就建立了態度。認真看看這三句話的所有細節——長度、標點、
言簡意賅。彷彿有人在對我們說話，那個人聽起來真誠卻不失權
威、毫不遲疑、毫不猶豫、毫不困惑。創造出一本小說的說書人
「人格」是所有作家的挑戰，不管個性是否吸引人，只要說書人
的特色夠鮮明，就能帶領讀者走下去，我們在閱讀的時候也會比
較順暢。最優秀的作家，或者是擁有最多讀者的作家，便擅長在
第一句話就毫不費力地帶出整本書的風格。
　　珍·奧斯汀和羅曼史女王賈姬·柯林斯難得出現在同一個
句子裡，正如史蒂芬·金和托爾斯泰難得齊名。但他們都是作
品廣受讀者喜愛的作家，我們之所以要把這幾位作家並列在一起

討論，當然有充足的理由。柯林斯為《可憐的賤女孩》（Poor Little Bitch Girl，暫譯）寫下的開場是：

> 貝兒・斯維拉娜在全身鏡前仔細端詳自己的裸體，準備和十五歲的阿拉伯石油大亨富二代交易，一小時三萬美元。

史蒂芬・金為當代經典驚悚小說《鬼店》寫的開場則簡短許多：

> 杜傑克心想：這多管閒事的小王八蛋。

很多書評認為通俗小說作家和經典小說作家的差別就在於「有素養」和「沒素養」，說得直接一點就是「可以在大學裡教書的作家」和「垃圾」，自從出版界用銷量來衡量小說之後就一直都是這樣。但究竟為什麼大家要這麼勢利？兩者的差別到底在哪裡？明明當代作家表現得那麼精采，為什麼經典作家還是廣受讚揚，好像各方面都比當代作家厲害？當代作家的成功難道不叫成功嗎？

我們再把珍・奧斯汀和柯林斯的句子並列在一起，發現兩者有很多共同點。這兩句開場白都把女性放在男性父權社會裡，消極、順從地面對自己的處境。這兩句話的態度都帶著一點自知之明的嘲諷，讓我們走進了一個虛構的世界：在那裡，女人得用性

與部分自我換取男人提供的財富與安全感。在珍‧奧斯汀的世界裡，女人甚至會和她們根本不愛的男人在一起，就像十五歲的貝兒和阿拉伯石油大亨富二代。

在珍‧奧斯汀的筆下，女性的服從透過文法展露無疑：「凡是有錢的單身漢，總想娶位太太」。珍‧奧斯汀把這個沒名沒姓的女人放逐到句子末端，只靠她和男人的關係來描述她——他的太太。根據句型結構，她是他「有錢」的收穫。

珍‧奧斯汀刻意誇張地稱之為「舉世公認的真理」，讓讀者聽出她的輕蔑不屑，從而創造出不朽的地位，畢竟有哪一個洞察人性的偉大作家敢在傑作開場時就端出「舉世公認的真理」？這七個字的分量實在太重，但她就是要讓我們感受到說書人睥睨世俗的竊笑，珍‧奧斯汀實在犀利！有些經典作家可能洋洋灑灑連寫三段都不打句點，讓人光讀完一句話就需要氧氣罩；但珍‧奧斯汀沒有用多餘的子句、沒有蜿蜒的語法、沒有累贅的描述——她精簡、精準、精闢。

儘管有這麼多書評、教授、文化評論者都教我們要推崇珍‧奧斯汀、貶視賈姬‧柯林斯，但其實她們的文體根本一樣。柯林斯只不過是用另外一種文化背景來闡述同樣的觀點，難道她的寫作風格沒有辦到嗎？她刻意摻入許多細節，像是鏡子裡的胴體、一小時三萬美元的行情、阿拉伯石油大亨、未成年的富二代，這些元素都暗示著說書人在竊笑，就像珍‧奧斯汀那句「舉世公認的真理」一樣。仔細檢視這兩種文化，其實都是女人需要靠男人提供金錢、透過性行為操控男人。那麼，經過兩個世紀的性別發

展，柯林斯難道不是帶著微笑從容優雅地回應珍‧奧斯汀精心刻畫的兩性關係？她字斟句酌，不也描繪出同樣的態度，並且更加與時俱進？

　　當然，很多人不認同柯林斯的理由，是因為他們反對性交易與未成年性行為，這些人可能會比較欣賞維吉尼亞‧吳爾芙的開場：「戴洛維夫人說她要自己去買花。」這裡的女性角色似乎不太一樣，戴洛維夫人在這個句子裡是主動的一方，她主導著自己的命運。但也要注意到她的身分是「戴洛維夫人」，而非「克萊麗莎‧戴洛維」，作者選字的方式透露出她很清楚傳統的性別角色。每當有作家選擇用「太太」、「夫人」或「妻子」這幾個詞，電腦演算法都可以精準篩選出來。這些詞彙若脫離了上下文就只是微量資料，看似隨機表淺；但在文章脈絡裡，我們可以看出這些小地方其實隱隱提供了讀者方向，讓讀者更能理解整個故事。吳爾芙選用「夫人」就代表著她和其他作家一樣，都想探討兩性文化關係。戴洛維決定自己去買花（通常是由浪漫的男主角買花給女人才對），在男性父權結構下是多麼叛逆的一件事！而回到柯林斯的書，不管你個人對於性交易有什麼看法，在紐約市經營高級伴遊服務的貝兒也掌握了她的主權，其實和戴洛維一樣叛逆。

　　大家會爭辯這幾本書的女性角色，就像大家會熱烈討論《格雷的五十道陰影》，這樣的辯論是正面的，儘管它有時候很有趣、有時候又很痛苦。但我們之所以喜愛閱讀，就是因為小說提供我們更多對話的內容。不管我們喜不喜歡貝兒的舉動、贊不贊成戴洛維夫人自己買花，都和作家的風格好壞無關。這三位作家

的風格精妙，成功的開場白就應該這樣！

托爾斯泰的句子則精闢在平行結構：「所有幸福的家庭都十分相似；而每個不幸的家庭各有各的不幸。」聽起來簡單，但反而更襯托出這句話的深奧。托爾斯泰用自己的獨特筆觸寫下，他認為所有的小說都在描述人際互動、都在描繪親情關係，書中一定會有不幸與衝突，否則就沒有情節可言。他並不是用開場來闡述真理，而是用開場來建構一個虛擬的世界，向讀者傳遞一個訊號：高潮迭起的劇情就要展開了！

所有最精采的開場白——不管有素養或沒素養，很文學或很垃圾——都可以把三百頁的小說情節濃縮至二十字左右。作者可以用文法或選字來完成這個句子，而我們根本察覺不到。吳爾芙看出了「夫人」這個頭銜和自己買花之間所隱含的衝突，否則她大可以讓女主角用「克萊麗莎・戴洛維」的名字登場。而讀者一看到「戴洛維夫人」，就會開始猜想她是否有個丈夫？丈夫還在嗎？他們之間有衝突嗎？作者最厲害的地方就是理解社會與文法結構上的常規，並且把這些細節自然地融進潛在的衝突裡。這招非常有用。

我們再回頭來看史蒂芬・金的句子：

Jack Torrance thought: Officious little prick.
杜傑克心想：這多管閒事的小王八蛋。

　　覺得「小王八蛋」太粗鄙的人可能無法認同史蒂芬‧金，就像他們會反對貝兒的性交易，但這並不表示這句子是失敗的。杜傑克喜歡這樣的用字，也讓我們更瞭解他的世界。小說家的功力就在於透過風格與敘事手法建立虛構的人格，選字便是其中的關鍵，而且還要伴隨相稱的文法、橋段和角色。

　　我們來看看英文原句裡這六個字建構出多少資訊。冒號前後各三個字，閱讀起來節奏悅耳。世故的「多管閒事」和粗俗的「王八蛋」搭在一起，創造出有趣的矛盾。這句話裡的每一個小衝突都不容忽視，杜傑克的語言或想法塑造了他的存在感和權威感，都影響了我們要怎麼看待這個人物。另外，「心想」和「王八蛋」的能量強弱對比也帶著衝突：為什麼杜傑克不大聲說出來？剛剛發生了什麼事？為什麼他的怒意要悶在心裡？當然，史蒂芬‧金很清楚要怎麼寫出虜獲人心的小說，所以直接把我們丟進人際衝突裡——單單六個字就勾勒出兩個角色互相不爽對方。擅長建立風格的作家一定知道，第一句話是釣鉤，要靠態度和衝突當原料，再佐以文字、語法的錘鍊。以文本計量分析為基礎的文字探勘程式就是要找出最簡單、最可靠的方式，讓電腦模型可以「讀出」作者精心布置的訊號與伏筆。

　　1990 年代初期，英國知名小說家馬丁‧艾米斯（Martin Amis）還沒開始創作就收到了五十萬英鎊的預付版稅（相當於美金八十五萬元），結果飽受抨擊。艾米斯在創作生涯的各個階段都頗受好評，大家認為他是一流的文學作家，尤其以他駕馭風格的能力最

廣受讚賞。在收下這筆備受爭議的高額預付版稅後，艾米斯寫出了《The Information》（隱情）；這個書名算是向約翰‧葛里遜致敬，風格很接近當年雄霸排行榜的《The Firm》（黑色豪門企業）、《The Chamber》（終極審判）和《The Rainmaker》（造雨人）。儘管《隱情》廣受大眾媒體注意，行銷宣傳也毫不省力，但卻賣得不好。後來據出版社表示，這本書的平裝版甚至沒有賣到四萬冊。為什麼？或許第一行就找得到答案了。

　　艾米斯和葛里遜的風格相似之處僅限於書名。葛里遜的《造雨人》開頭是：「當我發現我爸痛恨法律工作的時候，我就明白我絕對不能開口提起我想當律師的事。」這句話裡包含了以下所有的元素（通常葛里遜的開場白都有）：明確的決定、兩個人物、家人的互動、核心衝突。文字淺顯易讀，沒有多餘的子句、累贅的字詞，只有一個值得相信且充滿權威的聲音──這樣就夠了。

　　《隱情》的開場則是：「城市入夜，我感覺到，有些人在睡夢中哭泣，不發一語。」我們要怎麼從這第一句話就判斷出這本書沒辦法賣出百萬冊呢？我們的觀點是：這句話裡沒有動作、沒有互動、沒有暢銷書開場白該有的動能。這句話實在太空泛了：夜晚、入睡、不發一語，哭的人甚至沒看見自己的眼淚。那個「我」是誰？是誰在對我們說話？他能帶領我們看下去嗎？我們能感受到他的存在嗎？能感受到他的真誠和權威嗎？

　　大概沒辦法，因為這句話的風格不對。說書人不「知道」自己在做什麼，他只有「感覺到」，而且還很弱地把感覺放在句子中間，用兩個逗號夾起來──這絕對不是能引起讀者注意的寫作

方法。以文法結構來說他也很溫吞，他筆下的那個「我」沒辦法領導句子往前進，因為「我」被廣大而無表情的「城市入夜」所掩沒。人心呢？人物呢？衝突呢？這句子的力量呢？我們想要追隨這個「我」繼續讀三百五十頁嗎？

其實，艾米斯的句子是漂亮的，文法也相當正確，甚至還帶點哲學味。有些書評或許會覺得這句話的文學性很高，但它就是沒有暢銷書的開場白厲害。

我們還有更多厲害的開場白，這些句子都來自暢銷書，包括傳統作家、自費出版的作家、大眾文學作家、通俗小說作家、純文學作家和普立茲獎得獎作家──你能看出哪一句話屬於哪一類作家嗎？

- 通常我希望自己是一枚一英鎊的硬幣，而不是一個非洲女孩。
- 祕訣在於怎麼死。
- 說真的，任何人聽到他說他整個週末都和上帝在一起都會懷疑他吧？
- 我出生了兩次：第一次是個小女嬰，出生在 1960 年 1 月，底特律霧霾不嚴重的那一天；第二次是個青少男，出生在 1974 年 8 月密西根州佩托斯基的醫院急診室裡。
- 他們先槍殺了那個白人女孩。

- 她仰躺在一張窄床上，被金屬床框上的皮帶束縛著。
- 史瓦茲比賽期間都沒注意到那孩子。
- 我熱愛紐約的程度僅次於生命當中的另一件事。

　　這幾句話是不是飽滿又簡潔？它們是不是都在大喊著「等一下會有不同的發展」？當然寫作風格不能單看第一句話，但第一句話通常會讓你強烈感受到作者掌握了多少，以及作者有沒有找到吸引百萬讀者的風格。

聖誕樹

　　若要分析數千本小說的風格，這工程就比研究第一句話來得複雜許多。實際上，我們的風格分析要先從收集數千種寫作特徵開始，這些寫作特徵都是很普遍的字，像是「of」、「the」、「and」、「a」、「but」等。此外，我們也收集了語法、句長、標點、人稱等資訊，以及作者最常使用的動詞、名詞、形容詞和副詞。舉例來說，我們知道約翰・葛里遜有多常使用形容詞，還有丹妮・斯蒂爾或唐娜・塔特愛不愛用逗號。

　　為了找出這些寫作特徵，我們計算了每一本書各種字詞的使用頻率。以《達文西密碼》為例，丹・布朗大概每一百字裡會用到七次定冠詞「the」；但葛里遜在《黑色豪門企業》裡每一百字內使用到「the」的次數不到六次。如果你拿這兩位作者的書讓我們盲測，我們從定冠詞的密集度就可以很有把握地辨別作者

身分。在戈馬克・麥卡錫的《長路》裡，「and」是使用頻率第二高的字（最高的是定冠詞「the」）；第三高則是「he」，每一百字內會出現四次。代名詞「she」在《長路》中雖鮮少出現，每兩千字才出現一次，但「she」是《杜鵑的呼喚》裡使用頻率第七高的字，每一百字內出現 1.5 次。在安東尼・杜爾的二戰小說裡，男、女主角戲份一樣重要，而「his」和「her」在書中的使用頻率也一樣高（約一百字內出現一次）；但是在諾拉・羅伯特的《最後一任男友》（The Last Boyfriend，暫譯）裡，「her」的使用頻率是「his」的兩倍。羅伯特不常用到第二人稱「you」，但尼可拉斯・史派克的《手札情緣》和亞當・強森的《沒有名字的人》都經常提到「you」（史派克每一百字以內使用了 1.3 次，強森則是 1.4 次）。這些細節看似瑣碎，但就像人的指紋，微小卻很重要。

　　我們的模型檢視著每一塊打造風格的磚頭──不只是為小說奠基的磚塊，還包括了凝聚磚塊的水泥──然後讓我們看到這些字如何出現或消失在所有小說裡。當我們一塊一塊檢視這些磚頭時，可以用最微觀的角度去理解作者的風格──他用了多少逗號、多少冒號、多少刪節號，還有各種名詞、介係詞、代名詞與連接詞的使用頻率。我們可以從分析結果看出最常見的基本動詞如「did」和「want」、最常見的基本名詞如「man」和「woman」，以及各種常見的形容詞和副詞的出現頻率。

　　在這個層次，我們討論的風格差異並不是指句子要寫成「彼得要求用那種常見的園藝工具，可以去蕪存菁的那種設備」，還是「彼得說圓鍬就是好用的鏟子」；我們要說的是，透過文本計

量分析，我們可以很快地知道第一句話有幾個定冠詞、幾個介係詞、幾個量詞，而這些字詞的使用頻率和第二句話有什麼差別。第一句話裡面的冠詞、代名詞和介係詞就是風格的表現，因為愈是迂迴的句子愈需要更多結構上的支撐。而作者的文字風格便可以經由計算寫作特徵的出現頻率被推斷出來，所以當羅琳下筆的時候，不管她用的名字是「J. K. 羅琳」或「羅勃・蓋布瑞斯」，都還是會透露出她特有的風格記號。

　　我們把數千本小說輸入到暢銷書量表，並設定程式注意風格的基本元素，電腦就會發現暢銷書作者一貫的風格，以及重複出現的模式。事實上，我們只要輸入 491 個最常出現的單字和標點符號，電腦就有 70% 的機率可以正確判斷一本書是暢銷書還是冷門書；縱使只輸入 148 種寫作特徵，電腦的準確率還是可以高達 68%。而這只是用最常見的文法類單字和標點符號來預測分析，還沒有加入名詞、形容詞、動詞、語法和句型等資料。[11]

　　當我們研究電腦模型的分析結果，並仔細觀察電腦模型辨識出的暢銷作家寫作特徵，我們開始發現幾個令人著迷的現象。首先來看一些比較概略的發現：助動詞「do」在暢銷書裡出現的機

11　我們利用這種方法來將寫作特徵去蕪存菁，以避免太奇怪的特徵混淆了電腦的判斷。舉例來說，如果「banjaxed」（疲倦不堪）這個字在暢銷書裡都至少出現一次，但在冷門書裡完全沒有出現；那電腦很快就會知道「banjaxed」是暢銷指標，只要作家有寫到這個字就會被歸類為暢銷書，而其他寫作特徵都可以忽略。為了避免這種情況，我們只看暢銷書和冷門書都有的寫作特徵，讓電腦去辨認這些特徵在兩類書籍裡的比例，並且刻意忽略兩類書裡都沒有的特徵。

會是冷門書的兩倍，而暢銷書裡出現「very」的頻率只有冷門書的一半。威廉・史壯克（William Strunk）和 E. B. 懷特（E. B. White）曾在寫作入門課本《英文寫作風格的要素》（The Elements of Style）裡批評「very」這個字是「寄生在文藻池塘裡的水蛭」，相信他們也會認同這個分析結果。至於否定縮寫「n't」在暢銷書裡出現的頻率則是冷門書的四倍。

各類型的縮寫在暢銷書裡都很常出現，儘管高中老師看了可能會搖頭，覺得這種寫法不夠正式，但縮寫很適合大眾文學，因為敘事語調會因此變得比較親切、真誠、現代，可以贏得讀者的信賴。說書人不管是用第三人稱或第一人稱，都必須要讓讀者有真實感，才會願意繼續讀下去。暢銷書裡情態助動詞的縮寫「-'d」出現頻率是冷門書的十二倍，人稱動詞的縮寫「-'re」或「-'m」則是冷門書的五倍。我們幾乎可以聽到詩人威廉・華茲華斯（William Wordsworth）在墳墓裡大喊著：「沒錯，就是這樣！語言就是要貼近老百姓！」當代暢銷書顯然很服從華茲華斯的指示。

其他比較不正式的書寫方式也很受到讀者喜愛，像「okay」在暢銷書裡的比例高三倍；經典文學作品中通常不會有「ugh」這個字，但在暢銷書裡卻很常見。此外，暢銷書裡的人物也比較愛問問題，我們發現上榜的小說裡面問號比較多。但是驚嘆號就不見得了，驚嘆號是暢銷書的反指標。暢銷作家都曉得「沒燈了！樓梯要垮了！搞不好有鬼！」只會惹惱讀者；兩個驚嘆號的「我愛你！！」還不如「我愛你。」

　　刪節號在正式文書裡通常代表刪除或省略的文字，但在暢銷小說裡卻不這麼用，而是用來描述斷斷續續的想法或對話，讀者通常會自行腦補。「他又穿了那件燕尾服，鬍渣還沒刮。老天爺……」大部分的讀者不需要其他的標點符號或單字就知道「老天爺」在這裡不是禱告詞。

　　我們閱讀的樂趣之一，就是在碰到刪節號時會覺得自己和說書人更加貼近，而暢銷小說常用刪節號就是因為刪節號可以創造出人物與讀者的默契──這招讀者很買單。

　　我們得承認，對我們這種嗜字如命的人來說，資料分析實在太迷人。你可以想像我們全盯著一張大試算表，手上捧著咖啡，沒想到「thing」這個詞在暢銷書裡出現的頻率是冷門書的六倍。其他文字愛好者一定也會坐在那裡苦思良久，和我們一樣納悶像是「thing」這樣瑣碎的小字怎麼能當作暢銷書的指標。但這份文字研究不光是滿足我們文字宅的痴念，而是真的要解開暢銷書密碼，這些資料可以告訴我們哪些書能大賣。

　　想像一個女人緣極差的男人在酒吧裡，對身旁的朋友說他的新戰術是同時和五個女生約會。他朋友把啤酒給嗆了出來，然後開口。朋友的回應可能有兩種：

　　「如果你約完會還能活下來我會很驚訝！」

　　或者：

　　「哦，如果你約會完還能活下來，那我會很驚訝。」

　　哪一種聽來比較自然、比較生動？很顯然地，第二種。請

注意一下這些細微調整後語調和語域的明顯變化。[12]第二句話用句點和「哦」取代第一句話的驚嘆號，呆板的語氣就立刻生動了起來。我們注意到驚嘆號在暢銷書裡出現得少，而這個例子便讓我們看出來句尾少了驚嘆號之後，語調可以更微妙。贏得市場佳績的作品裡，句號比較常見，分號和冒號則相對少見。

這些細微的寫作特徵或許沒辦法一一拿出來說明，但整體來看，寫作特徵形成了一個顯著的模式，建構出暢銷小說的語調和語域。當作者選擇用「I'd」來取代「I would」，或用「you're」取代「you are」，這個決定遠比我們想像的還要重要。在暢銷小說裡，形容詞和副詞比較少見，尤其是形容詞，這表示暢銷書裡的句子比較簡潔，沒有無謂的贅字。句子不需要靠額外的子句來裝飾，名詞也不必一再修飾。動詞在暢銷書裡出現的次數比較多，但動詞旁邊也不需要拖著可愛的副詞。暢銷書裡的句子不是俗氣的聖誕樹，帶著刺眼的顏色，掛著燈泡、彩帶、天使和星星的重量；最好是一棵讓人一看就很放鬆療癒的冷杉。

男女大不同

利用這些人眼經常忽略的寫作特徵，暢銷書量表讓我們看到

12　編註：語域是語言學中的專有名詞，指語言使用的場合。例如，在口語、演講、新聞裡的語域就不一樣。

了暢銷風格的藍圖。我們把所有暢銷書根據寫作風格排名之後有個意外的發現：榜上前幾名竟然幾乎都是女性作家。這和之前用主題或情節來排名的結果很不一樣。儘管暢銷書裡男性作家的作品比女性作家的作品多出一百本以上，但論暢銷書排行榜最典型的風格，女性顯然略勝一籌。更引人注意的是，風格排行榜的前幾名未必是文壇常勝軍，許多女性作家是憑處女作登榜；排行榜上有十本首作都是一出版即暢銷，其中九本便出自於女性作家。我們原本沒想到榜單前端竟如此性別失衡，難道女性比較容易寫出暢銷作品？難道女性真的擁有掌握暢銷風格的天生語感？

　　這幾個問題讓我們走向一條和一開始完全不同的道路：我們想知道這個性別訊號有多強。過去用電腦來分析作者性別的研究，準確率可達 83%，我們很想知道我們的資料是不是也會有類似的結果。電腦模型真的能判斷作者是男是女嗎？光靠介係詞的分布和一些瑣碎小字如「記得」、「我自己」、「只是」就足夠嗎？文本計量分析已經能判斷出羅勃・蓋布瑞斯就是 J. K. 羅琳，難道它還可以分辨出《長路》、《沒有名字的人》和《人魔》都是男性作家的創作嗎？電腦會知道《我是海明威的巴黎妻子》、《房間》和《嗜血真愛》都出自於女性作家嗎？我們訓練電腦模型去搜尋性別訊號之後，發現答案都是肯定的。

　　在我們討論這項發現的意義之前，我們得先承認我們的模型還是有誤判的時候。這個模型判斷作者性別的準確率有 71%，而電腦犯下的錯誤也非常有趣。其中最讓我們驚訝的錯誤是，我們要求電腦模型將暢銷指數最高的小說依作者性別分類，結果電腦

認為有很多銷售超過百萬冊的暢銷書是女性作家寫的，但實際上卻是出自男性作家之手。依照電腦判斷的風格暢銷度，詹姆斯‧派特森的《蘇珊日記》（Suzanne's Diary for Nicholas，暫譯）、《無形之愛》和《四隻瞎老鼠》都名列前茅，但電腦認為這三本小說都是女人寫的。

　　《無形之愛》最容易解釋，這本書是派特森和嘉伯莉‧查本合著的作品。如果暢銷書的風格真的和性別有關，那電腦模型偵測到的女性文筆就來自查本。但《蘇珊日記》就完全不是這麼一回事，據我們所知，這本書是由派特森獨立完成，不過電腦模型認為這本書很接近我們研究書目裡其他女性作家的作品，信心指數還高達99%。若不是因為《四隻瞎老鼠》，我們幾乎會斷言電腦如此判斷是故事類型的緣故，因為《無形之愛》和《蘇珊日記》都屬於言情小說，而言情小說幾乎就是女性作家的天下（雖然這樣說對尼可拉斯‧史派克很抱歉）。但是這並無法解釋電腦為何會誤判《四隻瞎老鼠》。這本書絕對不言情，甚至是派特森筆下最硬漢的「艾利克斯‧克羅斯」犯罪小說系列。這下好了，我們要怎麼解釋？難道要說派特森這麼成功都是因為他「文筆很娘」嗎？喔，別這麼快下結論。派特森顯然很擅長為男性和女性讀者寫作，或許這和他的風格有關，而數據也說寫作風格和性別有關，但這到底是什麼樣的關聯？

　　我們究竟該怎麼解讀數據呢？解讀的方式很複雜，一來是因為電腦模型很準確（光靠風格記號來判斷作者性別，準確率就有71%），二來是因為每本書都有不同的潛力。我們當然很想要口出狂言，

如果我們能大聲宣判要寫出暢銷小說，男性作家一定要擁有女性作家的文筆，這不是很跩嗎？但實際上數據分析的結果沒那麼煽情，而且還很複雜。沒錯，電腦很篤定地判斷史蒂芬・金的《桃樂絲的秘密》出自女性手筆，而我們幾乎可以想像網友會如何評價這件事：「詹姆斯・派特森和史蒂芬・金寫起書來都像娘兒們！」但我們再看看史蒂芬・金的另一本小說《賓士先生》，電腦在判斷這本書的作者性別時很模稜兩可，雖然最後正確辨別為男性作家，但只有 50.2% 的把握；同樣地，電腦雖準確判斷黛安娜・蓋伯頓的《心血信》（Written in My Own Heart's Blood，暫譯）是女性作家的創作，但信心指數僅 53%。由此可見，有些書或許比較「中性」。其實在我們的研究書目裡，25% 的書並沒有強烈的性別訊號，另外 25% 只有微弱的訊號；但剩下的 50% 的書籍有性別訊號，而且強到讓電腦有 90% 的把握，這就很值得深究了。

在電腦認為「一定是男性」的五十位作家裡，有三位其實是女性；反過來，在電腦認為「一定是女性」的五十位作家裡，有十四位其實是男性。這項分析結果給我們兩個印象：第一，這代表我們研究書目裡的男性作家風格比較一致；第二，我們研究書目裡的女性作家風格範圍比較廣泛。這個發現很有趣，愈仔細深究會愈有趣。

被電腦誤判為男性的女性作家有童妮・摩里森（Toni Morrison）、莎拉・布萊克（Sarah Blake）與芭芭拉・金索佛（Barbara Kingsolver）。這些看似隨機的錯誤，引導我們去發現這三位作家之間的共同點：摩里森不但是小說家還是大學教授，她獲獎無

數，包括普立茲獎、美國國家圖書獎、諾貝爾獎以及美國總統自由勛章；布萊克畢業於耶魯大學後取得紐約大學博士學位，在多所美國大學任教；金索佛則擁有兩個大學學士學位，曾獲得英國柑橘文學獎、美國國家人文學科獎、戴頓文學和平獎。在我們的研究書目當中，這三位都是以傳統學制來說教育程度最高的女性，並廣受教育與文化機構的認同、愛戴與表揚。

我們再來看看經典男性風格的代表作家，如：

第一名是普立茲獎得獎作品《修補匠》（Tinkers，暫譯）的作者保羅·哈汀（Paul Harding）；第二名是美國國家小說獎得獎作品《冷山》的作者查爾斯·佛瑞哲（Charles Frazier）；第三名是普立茲獎得獎作品《所有我們看不見的光》的作者安東尼·杜爾（Anthony Doerr）；第四名是普立茲獎得獎作品《長路》的作者戈馬克·麥卡錫（Cormac McCarthy）；第五名是《上訴》（The Appeal，暫譯）的作者約翰·葛里遜。他雖然不是普立茲獎得主，但連續好幾年都寫出《出版者週刊》的年度暢銷書，並曾獲得美國國會圖書館創意成就獎等獎項。

這些證據是不是在告訴我們，主要的文學機構都偏好男性思維和男性的用字遣詞？

我們調查了這幾位作家的背景，結果發現這三位女性作家和這五位男性作家之間有些共同點。哈汀有英國文學學士學位與藝術創作碩士學位；佛瑞哲有英國文學博士學位；杜爾在大學主修歷史，後來獲得藝術創作碩士學位；葛里遜大學主修會計，後來獲得法律博士學位。這五位作家只有麥卡錫沒有念完大學，不

過他在校期間曾兩度獲得殷格朗‧梅里爾基金會頒發的創意寫作獎。

　　我們深入研究這幾位作家的生平後，便發現以性別來區分風格其實錯了。電腦模型判斷出屬於男性寫作典範的風格，似乎也是文學性質最強的風格。在電腦眼中，薩爾曼‧魯西迪（Salman Rushdie）與托爾金的風格，和佛瑞哲、杜爾相去不遠。電腦把童妮‧摩里森和上述作家歸類在一起，而她也是美國公認文學性質最高的女作家。我們所找到的似乎並不是男女作家「與生俱來」的風格，而是「後天形成」的潛在風格。這樣一來，電腦模型會把這些在傳統學術殿堂裡受過高等教育的作家歸在同一類，好像也沒那麼意外了（學術殿堂裡目前還是以男性為主）。難怪這些作家的風格都「文學性質偏高」，從他們的筆觸還有他們收到的迴響都可以看出學術訓練的影子。

　　那我們從這份名單的另一端又可以得到什麼資訊呢？

　　電腦模型判斷出最屬於女性寫作典範的書籍和作家也有一些共同點，但是和男性作家的共同點截然不同。如果說男性作家前三名都是普立茲獎得主，那女性作家前三名有什麼相同之處？這三位分別是珀拉‧霍金斯（Paula Hawkins）、泰瑞‧麥克米蘭（Terry McMillan）、凱瑟琳‧史托基特（Kathryn Stockett）。我們發現她們三位大學都主修新聞，而這股女作家和媒體相關的趨勢還不止於此。珍‧葛林（Jane Green）二十幾歲的時候當過記者；黎安‧莫瑞亞蒂（Liane Moriarty）曾經接過廣告文案寫作；凱特‧賈克柏（Kate Jacobs）也是新聞系畢業，本來還打算進入雜誌出版業；蘿

倫‧薇絲柏格（Lauren Weisberger）在出書之前曾經替很多雜誌撰稿；潔西卡‧諾爾（Jessica Knoll）原本是《柯夢波丹》雜誌的資深編輯。有一些被電腦誤判成女性的男性作家也有類似背景：詹姆斯‧派特森攻讀博士學位到一半放棄，投身廣告業；格倫‧貝克（Glenn Beck）曾經在廣播電台與電視台工作──類似的例子不勝枚舉。這些作家的寫作經歷與訓練，和那些英國文學博士或藝術創作碩士大相逕庭，而這項差異顯然影響了文本計量分析的判斷。

　　要寫出好文案、好報導、好新聞，就必須要掌握親切、口語的文字和風格──美國大文豪亨利‧詹姆斯或《白鯨記》作者赫爾曼‧梅爾維爾到傳播界可能都沒辦法生存。雜誌編輯的訓練嚴謹，不管是語調、標題、內容、結構都得精簡且吸睛，還要適合報紙與雜誌的排版。我們用不著斷言大眾傳媒的寫作訓練進不了文學殿堂，或新聞記者寫不出文學小說；但我們大可以放心地說，這些作家都接受過寫作風格的訓練，能夠精準掌握大眾口味，不需要少數高級知識分子的認同。這群作家或許得不了文學獎，但憑藉對風格的掌握，他們甫出道便能直接攻頂。

　　沒錯，當我們以「暢銷風格」去排名的時候，有很多女性作家攻下了前幾名，但她們並不是靠女性身分取勝；真正的理由是她們擅長寫出「貼近讀者日常生活的語言」，而這就是威廉‧華茲華斯要我們謹記在心的最高原則。

　　我們發現，當代新人作家有一個明顯的趨勢，那些憑處女作就登上全球各地排行榜、並蟬聯數個月以上的作家，都曾經在大眾傳媒產業工作，像是《龍紋身的女孩》、《列車上的女孩》、《最

幸運的女孩》、《星期五編織社》、《穿著 Prada 的惡魔》和《姊妹》的作者都是如此。

　　那麼，史蒂芬‧金和詹姆斯‧派特森很娘嗎？當然不。他們只是和那些受到百萬讀者支持的女性作家一樣瞭解讀者。我們看到許多女性作家一舉成名，覺得很雀躍，但其實這件事和性別無關，她們只是比較瞭解讀者，除了先天就懂得掌握語言，更重要的是後天經過了紮實的訓練。

電腦選書：風格類

女性作家最佳風格前十名

1. 愛瑪‧唐納修《房間》
2. 吉莉安‧弗琳《暗處》
3. 艾蜜莉‧吉芬《非關友情》
4. 凱特‧賈克柏《星期五編織社》
   （The Friday Night Knitting Club，暫譯）
5. 黎安‧莫瑞亞蒂《丈夫的祕密》
6. 丹妮‧斯蒂爾《心跳》
   （Heartbeat，暫譯）
7. J. 柯妮‧蘇利文《緬因》
   （Maine，暫譯）
8. 珍娜‧沃爾斯《半馴之馬》
9. 珍妮佛‧韋納《飛出家門》
   （Fly Away Home，暫譯）
10. 蘿倫‧薇絲柏格《穿著 Prada 的惡魔》

男性作家最佳風格前十名

1. 大衛・鮑爾達奇《第一家庭》
   （First Family，暫譯）

2. 葛藍・貝克《聖誕毛衣》

3. 哈蘭・科本《別找到我》

4. 沃利・蘭姆《初次相信的時候》
   （The Hour I First Believed，暫譯）

5. 麥可・康納利《林肯律師》

6. 克里斯・卡爾佛《神祕的修道院》
   （The Abbey，暫譯）

7. 強納森・薩佛蘭・佛爾《心靈鑰匙》

8. 詹姆斯・派特森《蘇珊日記》
   （Suzanne's Diary for Nicholas，暫譯）

9. 馬修・魁克《派特的幸福劇本》

10. 尼可拉斯・史派克《一眼瞬間》
    （At First Sight，暫譯）

第 5 章

小說人物塑造

當黑女孩憑什麼當紅？

「這些女孩是怎麼回事？」

2015 年的紐約，每個人都在看《列車上的女孩》。那是個和煦的夏日，我們正在和編輯聊天。

「我是說，我覺得現在書名裡只要沒有『女孩』應該就不用考慮了。那我現在是不是只要看到有『女孩』的書就要標下去？」

她雖然是半開玩笑，但我們整頓飯都在想這件事。

「《龍紋身的女孩》在全世界大賣。」

「『失蹤的女孩』（Gone Girl，中譯《控制》）也賣得超好。」

「還有，《最幸運的女孩》是打哪兒冒出來的？」

在 2008 年之後，好幾本暢銷書的書名都有「女孩」。史迪格‧拉森的《龍紋身的女孩》在 2008 年出版、《玩火的女孩》在 2009 年出版、《直搗蜂窩的女孩》在 2010 年出版。到了 2012 年，吉莉安‧弗琳靠《控制》橫掃書市，接下來《列車上的女孩》和《最幸運的女孩》雙雙在 2015 年降生。

這幾位女孩所向披靡，她們不只是《紐約時報》暢銷書的主角，更打入每一個市場與族群，讓書商樂開懷。銷售量為一能相提並論、而且書名沒有「女孩」的暢銷書就是《格雷的五十道陰影》，但或許安娜塔希婭也是一個能吸引讀者的「女孩」？

不，我們認為不是這樣。安娜塔希婭不是這樣的女孩。這本書之所以不叫做《女孩的五十道陰影》或《有五十道陰影的女

孩》是有理由的。

「那麼，這只是湊巧、還是背後有什麼道理？」和我們聊天的編輯這樣問。

尋找模式的最大問題是，只要你想找模式，你通常就會找到；但當你找到了模式後，你還會希望它背後是有意義的。在《龍紋身的女孩》大賣之後，大家都搶著出版瑞典犯罪小說作家的書並發行到全世界。然而當編輯在尋找下一個金雞母時，瑞典作家真的就是正確的選擇嗎？其實不然，雖然北歐犯罪小說天王尤‧奈斯博成功了，但很多瑞典作家都沒能暢銷，顯然瑞典作家並不是下一個趨勢，我們只是剛好撞上了一個史迪格‧拉森而已。那……是女孩嗎？《龍紋身》的女主角莉絲白‧莎蘭德會是下一個趨勢嗎？接下來的小說想暢銷就要靠女孩嗎？

觀察「千禧年三部曲」之後的暢銷書榜，我們很容易得到這個結論，而且從結果上來看，幾乎書名裡面有女孩就會暢銷。但這個趨勢值得我們調查嗎？這代表了什麼重大意義嗎？還是說，這只是一個投機的出版策略？

這股潮流始於史迪格‧拉森，但其實他原本的書名裡根本沒有「女孩」。拉森原本的書名是《憎恨女人的男人》，英國的出版商實在無法認同，所以改了書名。這應該是個正確的決定，因為幾乎沒有讀者不同意《龍紋身的女孩》比《憎恨女人的男人》更吸引人，何況小說市場又以女性讀者為主。所以或許有些編輯就和拉森的英國出版商一樣，建議作者修改書名，把女孩放進

去。在這股趨勢下，不管是懸疑小說、言情小說，還是實驗性質的小說，任何類型的書稿都會被懂流行的出版社改名為《……的女孩》或《哇，那女孩》，甚至是《列車上的女孩》。

這種可能性讓我們謹慎了起來，我們猜想情況可能是這樣的：編輯看到了一本很喜歡的小說書稿，然後就把書名改成《真的，這就是那女孩》；而不是發現一本書名有女孩的小說，然後拿去賣賣看。

書名裡有什麼玄機？

書名裡到底在賣什麼藥？這個嘛，有時候光憑書名就可以幫你賺到一千萬美元，所以很值得我們花點時間想想書名要怎麼取。

有些暢銷書以地點命名，像是《Cold Mountain》（冷山）、《A Painted House》（上漆的房子）、《Black House》（黑屋）、《Shutter Island》（隔離島）和《Maine》（緬因）。這些書名都在描述某個地點的特色，以黑屋為場景的小說，給人的感覺和以上漆的房子為場景的小說想必很不一樣；一趟以隔離島為目的地的旅程，絕對和緬因州的遊歷大異其趣。如果作者用地點當書名，這個地點就得是一個關鍵性的場景，角色只有在那樣的環境才會做某些事，否則這個書名就取錯了。儘管地點為情節發展提供了原動力，但也要有好內容和好書名才能相得益彰，這樣的小說到了最後，我們會覺得自己很熟悉那個虛構的地點，彷彿它就是一個無聲的角

色。

　　暢銷書也可能會用某個事件來當書名。我們可以推論，一個事件能被拿來當作書名，就不會單單只是一個橋段而已；它一定要是一個能讓整本小說架構更穩固、意義更豐富的事件。《Accident》（意外）就是這樣的書名，而《Death Comes to Pemberley》（達西的難題）、《Fall of Giants》（大國的衰亡）、《One Day》（真愛挑日子）、《The Kiss》（吻）、《A Visit from the Goon Squad》（時間裡的癡人）都是那一天、那一刻、那樁意外、那個吻扭轉了一切，而小說人物的宿命就是要去回應、反應、適應這個事件。

　　其實排行榜上更常見的書名不是地點、也不是事件，而是某樣東西或某件物品；通常是一個普通名詞，有時候會配上一點描述。不是《眼淚》而是《龍的眼淚》（Dragon Tears，暫譯），不是《情仇》而是《深宮情仇》（The Boleyn Inheritance，暫譯），不是《密碼》而是《達文西密碼》。有時候兩個看似不相干的普通名詞湊在一起也會引發讀者的好奇心，像是《大象的眼淚》、《琥珀蜻蜓》、《午夜記憶》（Memories of Midnight，暫譯）。為什麼大象要流淚？那隻琥珀裡的蜻蜓有什麼特別之處？誰在回想午夜的記憶？

　　或許更強勁的書名是霸氣地只用了一個詞，像是《The Goldfinch》（金翅雀）、《The Firm》（黑色豪門企業）、《The Circle》（揭密風暴）。而有定冠詞「The」的書名比冠詞「A」的書名還要多，《A Goldfinch》（一隻金翅雀）聽起來不太對勁吧？《A Lost Symbol》（一個失落的符號）未免也太弱了。

定冠詞「The」讓我們相信「這隻」金翅雀很重要，足以撐起整本小說的情節、情緒和結構，讓三百多頁的故事有所依循。我們可以清楚地知道《The Gift》（最後的禮物）在講那份禮物、《The Christmas Sweater》（聖誕毛衣）在講那件毛衣、《The Notebook》（手札情緣）在講那本手札。

那不定冠詞「A」什麼時候適合當書名呢？就是當這個名詞已經很獨特，但需要靠不定冠詞來讓它的涵義更廣的時候，像是《A Spool of Blue Thread》（一團藍線）、《A Thousand Splendid Suns》（燦爛千陽）、《A Dog's Purpose》（為了與你相遇）、《A Game of the Throne》（冰與火之歌：權力遊戲）。

有時候作者可能完全不用冠詞，這些書名因為沒有冠詞來限定名詞，所以讓名詞有了更抽象的意涵，像是《Beautiful Ruins》（美麗的廢墟）、《Bag of Bones》（一袋白骨）、《Beach Music》（海灘音樂）、《Freedom》（自由）、《Disclosure》（桃色機密）、《Heart of the Matter》（再一次心動）。生動嗎？或許吧。但定冠詞「The」還是最適合放在書名裡，因為這代表了重點，不管是重要的地點、重要的事件，還是重要的物品。書名提供了線索，讓我們知道要怎麼去體會這個故事。

像《The Gone Girl》（控制）這種書名就引導我們將人物當成故事的焦點和情節的媒介。我們的研究書目裡有五分之一的暢銷書都用人物當書名，不過直接使用主角名字的書名卻不多，像是《Dolores Claiborne》（桃樂絲的秘密）、《Olive Kitteridge》（生活是頭安靜的獸）、《Hannibal》（人魔）、《Scarpetta》（獵殺史卡佩塔）和《Zoya》

（最後的女伯爵）。這些書名都告訴我們這本書在闡述這個人物，他的經歷、他的奇想，以及他如何撐起整本小說，書名暗示著我們會看到這個人的內心世界，而且他的內心世界會牽動所有情節。

這類指名主角的書名在十八、十九世紀小說剛盛行的時代比較普遍，如《摩爾·弗蘭德斯》、《愛瑪》、《包法利夫人》和《湯姆瓊斯》。如果現在我們看到一本書的書名裡出現了主角的名字，通常也算在這一類，像是《Defending Jacob》（捍衛雅各）、《Loving Frank》（愛上萊特）、《Gerald's Game》（傑羅德游戲）、《The Key to Rebecca》（麗貝卡之謎）和《Still Alice》（我想念我自己）。在這些例子裡，書名透露出這不只是人物故事；這些角色的名字和情節綁在一起，共同創造出故事。

這類型的書名通常表現出主角的角色或狀態，而不只是他們的名字。我們有一百本以人物名字為書名的暢銷書，其中多數都在說明這個人的角色，不管是他的職業或社會文化背景。有時候這些角色還扛下重任，連形容詞都不需要，像是《The Alchemist》（牧羊少年的奇幻之旅）、《The Ghost》（獵殺幽靈寫手）、《The Martian》（火星任務）。儘管「Alchemist」（煉金術士）本身就足夠引人好奇了，但「An Alchemist」（一個煉金術士）不夠好，「The Alchemist」（那個煉金術士）感覺更有料。因為這些角色聽起來很獨特，讀者會覺得故事一定很精采。

某些書名裡的角色比較沒那麼獨特，像是《The Historian》（歷史學家）、《The Piano Teacher》（鋼琴教師）、《The Postmistress》（忘情書）和《The Client》（終極證人）。在這些書名裡，定冠詞「The」

暗示「這位」鋼琴教師不同於其他鋼琴教師，讓這個平凡無奇的人充滿潛力，擁有更加震撼讀者的能力。以《忘情書》來說，我們知道翻開書後會看到處事圓融的艾莉絲，以及她身為「postmistress」（女性郵政局長）的角色，這樣一來就產生衝突與對比了。艾莉絲不單只是「A Postmistress」（一位女郵政局長），而是「The Postmistress」（那位女郵政局長）。因為她違反工作原則，偷了一封信沒有送出去，因此被獨立出來，也由於她的舉動和行為，才牽扯出所有的劇情。

　　好的書名能為人物搭好舞台，讓劇情得以展開，並帶出整本小說的架構、重點、目的，以及最吸引人的地方。如果我們明白這個道理，就會知道這些「女孩」能成為抓住百萬讀者的暢銷書名，絕對不只是看起來比較順眼而已。這個現象的背後其實代表著一股潮流，近年來這些出盡鋒頭的「女孩」小說，都把女性的傳統角色帶到了聚光燈底下。

　　若要提起社會文化的角色，「妻子」在暢銷書的書名當中非常熱門，但書名不會只是「那個妻子」，還會再加上一些形容。曾經榮登暢銷書排行榜的妻子包括《沉默的妻子》、《我是海明威的巴黎妻子》和《可靠的妻子》等。這幾本小說的名字就是要我們去揣測這些女人為什麼沉默？為什麼在巴黎？為什麼可靠？還有，既然她們是「妻子」，那她們的丈夫怎麼了？她們的選擇和衝突會如何變化？她們是怎麼樣的女人？同樣道理，「女孩」類暢銷書也會誘發讀者去思考這些問題。

　　值得注意的是，我們的研究書目裡只有一本暢銷書以「丈

夫」為名，不過這個書名並沒有用形容詞來描述這位丈夫，而是讓丈夫擁有某樣東西——雖然未必是什麼好東西——那就是《丈夫的祕密》。噢，婚姻裡的祕密嗎？這就是釣鉤，你只要稍微瀏覽一下暢銷書排行榜就可以知道，糾結的婚姻是時下強力有效的釣鉤。而這幾本上榜小說都證明了我們對於女性在家庭、婚姻和公領域裡的角色有多麼需要思考，所以書名裡妻子比丈夫多、女孩比男孩多。

我們研究書目裡的暢銷書，有十本書的書名有「女孩」，但在我們建議編輯開始大量出版女孩類書籍之前，得先想清楚哪種類型的女孩才會暢銷。諷刺的是，那些會暢銷的女孩往往是我們傳統上認為有問題的女孩。

比較看看《家裡的女孩》（A Girl to Come Home To，暫譯）和《玩火的女孩》，她們很不一樣，是吧？果不其然，前一本書完全賣不出去，就算換了一家出版商也一樣，根據市調公司所公布的數據，這本書當年只賣了 117 冊；而後者就是史迪格·拉森的百萬冊暢銷書《玩火的女孩》。

《家裡的女孩》和《失蹤的女孩》（控制）也不一樣，為什麼？這個嘛，如果女孩可以出去玩，甚至還可以玩火，為什麼要靜靜地坐在家裡？哪一個女孩比較引人好奇？如果女孩可以一走了之，為什麼還要在家等你？如果妳可以是《列車上的女孩》，那何苦當《鞦韆上的女孩》（The Girl on a Swing，暫譯）？畢竟鞦韆盪來盪去還在原地，但列車可以前往四面八方。

這些差距就是兩顆星和五顆星評價的差別，能上榜的女孩比

較奇異，是大眾文化裡的新型態女主角，她不走甜美路線，她叛逆乖戾、不合世道、憤恨不平，她具備了暗黑的氣勢。

　　這當然很弔詭，讀者喜歡個性強烈、動機十足的主角，他們必須夠特別、夠震撼才能吸引我們的注意，我們期待這個人物有辦法看到世上的光明與黑暗，並且存活下來。但「女孩」不是有另一層涵義嗎？女孩不是應該年輕、無辜、需要大人照顧嗎？女孩應該還不能主宰自己的命運吧？女孩還需要被保護和照顧吧？但這些暢銷書榜上的女孩（有些應該已經不能稱為女孩了）都不屬於這種類型，可是她們一週又一週地霸占著排行榜。她們到底如何引導故事前進？這個問題是小說的核心，影響我們詮釋她們的方式，同時也影響全球讀者的評價。

人物就是命運

　　我們在本書前面曾經詢問讀者要的是什麼，很多人說他們是為了主題或類型而讀，也有很多人說他們翻開封面就一直讀下去是因為某些情節真的會讓人上癮。其中有上千位讀者都表示，其實人物才是「好小說」和「讓人無法釋卷的超棒小說」之間最主要的差異。透過人物，我們可以感同身受，或竊竊議論、旖旎幻想，而很多人買小說就是為了獲得這些體驗。人物能帶給我們全新的世界——不同的國家、不同的心境、不同的際遇或不同的性體驗。我們在閱讀小說的時候可以幻想自己有個邪惡的後母，儘管我們的媽媽很慈祥；也可以變身為花心的情人，儘管我們很專

情。我們在遁入書本世界後可以飛上月球、可以謀財害命，還可以嫁給豪門總裁。

閱讀帶給我們的樂趣之一，就是我們可以和主角站在相同或不同的陣線（或是當個牆頭草也可以），因為這些角色能帶我們看到犯罪、縱慾、堅持或冒險之後會有什麼結果。小說人物刺激我們不斷思考和反省，帶給我們新思維和新體驗。有些小說人物甚至擁有自己的粉絲俱樂部，還有粉絲為他們寫同人誌。以哈利波特為例，這個小說人物不但有自己的紀念上衣，還在美國佛羅里達州有一座主題樂園。但是很多小說作家被問到「要怎麼『塑造』人物」時，都承認人物是寫小說或教小說時最困難的課題。

關於小說人物的概念向來眾說紛紜，很多學派之間的爭議可能會讓一般讀者覺得荒唐。和人物相關的理論基本上可以分成幾個派別：第一派最單純，認為成功的小說人物一定要很獨特、很複雜，掏心掏肺地讓讀者完全理解他們在想什麼，就連我們在真實世界裡對摯友或自己的瞭解都沒有那麼透澈。換句話說，小說人物的內心世界要夠深入、夠真實。

另一派則認為每個小說人物都代表了某種特定的性別、社會和文化角色，而人物的意義就來自於他的身分，以及他和別人之間的相對關係，例如角色會因為她是一個小孤女而非老公爵而產生不同的意義。而兩個角色都沒有絕對的意思，必須彼此相互定義，這就是為什麼我們會有《美女與野獸》和《小姐與流氓》。從這種觀點出發，小說人物是展開整套故事系統的媒介，重點是不同角色在小說結構裡占據的位置，以及我們從中學到的東西，

至於人物的內心世界反而沒有那麼重要。

近年來這幾本「女孩」小說的主角都不是典型的女孩，她們顛覆了我們早已厭倦的女孩形象、打亂了我們熟悉的整套系統。這些女孩翻轉了傳統對女性的期待，導致小說人物的內心世界變得很複雜、外在環境也充滿挑戰，她們和一般女孩不一樣，行為舉止當然也異於常人。而要瞭解哪些人物會暢銷、哪些會冷門，關鍵就在於他們用什麼方式催化劇情。

吸引讀者的人物通常都是強效催化劑，他們擁有某種能力、動機和意圖，面對障礙並積極採取行動，這是所有由角色驅動的小說所共同具備的特色。但要理解人物並不是件輕鬆的事，我們得先明白此時不必去討論各門學派之間的差異，再來思考如何創造出能夠理解人物的電腦模型。

優秀的小說家可以用許多工具和技巧來創造人物，比如說有些作者很依賴描述。既然本章是由編輯和我們聊天的內容所開啟，就讓我們就把她變成一個小說人物好了！我們將這本小說命名為《十六樓的女孩》，開頭可能是這樣的：

> 丹妮拉在熨斗大廈上班，她的辦公桌上擺滿了各種精裝書和手稿，窗外的光線從她後方映照出栗色短髮的光澤。她穿著一件白襯衫，領口開在職場女性最適合的深度。

後面可能還有更多敘述。

　　到目前為止，我們只能靠丹妮拉周邊的物品來瞭解她。襯衫透露了不少訊息，那棟辦公大樓也是。有些作者會像這樣以鉅細靡遺的描述來創造人物，但有些作者則是大量依賴對話。舉例來說，如果這時候丹妮拉的助理走進辦公室對她說：「請問……我可不可以休息個四、五分鐘，打通電話給我媽？她生病了。」這句對白就透露出了訊息；但如果助理換了一個語氣：「老闆，我要去看我媽一下。」這句話也同樣透露出了很多訊息。而兩段對話會替這位助理塑造出完全不同的形象。

　　由說書人帶出劇中人物的內心獨白則是另一種技巧，有些作家就經常使用，像珍・奧斯汀就是箇中翹楚，但有些作家並不喜歡這樣。同樣拿我們發展中的小說為例，說書人或許可以這樣描寫這位在十六樓的女孩：「丹妮拉此時抬起頭看著助理，不知道她會不會閉嘴，別再一直提她屢弱的母親了：她到底要哪時才能再找到一本關於女孩小說的書稿？」說書人此時偷走了丹妮拉內心的想法並公布給讀者，讓我們又多瞭解她一點。

　　對文評和文字探勘人員來說，這裡最值得注意的是丹妮拉到目前為止都還沒有任何動作，她靜止、被動地讓我們從旁觀察。她得做點動作才能活過來，讀者才會把她當人看；她總得微笑、蹙眉、閱讀、說話、移動或做出回應，因為丹妮拉有動作的時候，劇情才能往前進。透過她不斷地動作，就會刻畫出情節的走向和曲線，她的舉動是關鍵，這樣才能創造出像第三章裡提到的那些動人情節。

　　所以我們雖然可以透過很多方法來認識小說人物，但最後我

們認為小說人物的行為才是最重要的，他們的舉動讓情節得以發展。小說家要靠動詞才能讓人物去推展劇情，「丹妮拉很開心」和「丹妮拉笑了」是不一樣的，而這兩句話和「丹妮拉嘴角上揚」也不一樣。動詞是關鍵，《達文西密碼》的羅伯・蘭登教授「怕」狹小空間；傑森・包恩在《神鬼認證》裡「殺」了人；《控制》裡的愛咪「計畫」著復仇，要讓「出軌」的尼克付出代價。當然小說裡還有其他線索讓我們更瞭解人物，像是他們的長相、性別、種族等，但我們還是要等到他們有動作以後才能真正認識他們。所以我們在研究的時候必須探討，是不是某些動詞、某些動作可以讓小說賣得比較好？更明確地說，我們想知道男女角色的動作背後是不是有一些暢銷模式？是的，我們找到答案了。

採取行動！

從電腦的觀點來看，人物實在不容易分析。我們在第二章看到主題可以靠名詞來判斷，因為主題通常由名詞來界定，而名詞對電腦來說還算是容易判讀的一種單字。但小說家刻畫人物的方法很多，要電腦辨認人物已經夠難了，還要判斷人物在做什麼簡直難上加難。

最明顯的難處在於很多作家並不會直接用名字來稱呼人物，例如《格雷的五十道陰影》採用第一人稱，書中提到安娜塔希婭的時候通常是用「我」而非「安娜塔希婭」，而格雷則喜歡叫她「史迪爾小姐」；《龍紋身的女孩》的莉絲白・莎蘭德有時候是

「莉絲白」，有時候是「莎蘭德」，有時候又是「她」，還有人會親切地喊她「莉絲」、「小白」或「小莉」。你們看，這有多亂。[13]

　　第二項難處則和代名詞有關，小說裡有很多人物，便會出現很多不同的「他」和「她」，這就很容易混淆。我們曾在《控制》裡碰到一個問題，我們得把女主角的「她」和女警探的「她」區隔開來。人腦可以從上下文輕易區分這兩個角色，知道哪個時候是在講哪一個「她」；但是對電腦來說，要區分誰是誰就難多了。

　　我們可以訓練電腦標記人物的名字和代名詞的位置，收集它們附近出現的動詞，從而瞭解小說人物的動作。藉由分析小說人物有哪些舉動，我們便可以預測這本小說能不能暢銷，而且準確率高達 72%。藉由動詞分析，我們就可以知道暢銷小說和冷門小說的人物有哪些不同的舉止，特別是那些日常生活的動詞會有深遠的影響。

　　不管小說人物是男是女，暢銷小說的主角都善於表達他們的需求，這些主角會「渴望」特定目標，讓我們在看小說的時候更知道他們需要什麼。「need」（需要）和「want」（想要）是暢銷書與冷門書之間最顯著的差異，在銷量不好的小說裡，人物不常表現出他們的需要與慾望。反之，暢銷小說打造出了一個虛擬世界，

13　或許電腦永遠無法學會人名的所有變化。我們這裡說的是「或許」，因為有一群十分聰明的人正在投入這個領域，這一門學科就叫做「命名實體辨識」，它和我們在本書用到的其他方法一樣，都屬於「自然語言處理」的範疇。

讓人物知道、控制與展示他們催化劇情的功能；他們的動詞都很簡潔，透露出他們的自信。暢銷小說裡的人物比較常**爭取**、**思考**、**詢問**、**觀察**、**掌握**，也更常**愛**。這些人物都對自己很瞭解，也很清楚自己的思維和舉動，他們能夠控制自己的方向，儘管有時候他們並不喜歡自己，但他們主宰自己的生命，會主動創造新事件。暢銷小說裡的人物，不管是男是女都會**開口**、**舉目**、**側耳**、**伸手**、**微笑**、和**動心**，這就是充滿能量的人，這個人能屈能伸，會**開始**、**工作**、**明白**，最後**完成**。這些占據《紐約時報》暢銷書榜的人物通常都有方向、有能力、有把握，而在榜上無名的小說裡，這些動詞的出現頻率都很低。

　　你可以比較這兩種人：第一種的言行舉止都透露出自信，第二種則不太有前段提及的各種動作。我們的電腦模型發現第二種小說人物很少**說話**，或**需要**、**想要**、**完成**任何事情，不但如此，這些無法吸引讀者的小說人物還比較容易**暫停**或**放棄**。讀者才不願意把休閒時間浪費在這些只會**等待**、**猶豫**或**打斷計畫**的人物身上。讀者希望小說人物可以將自己的決心付諸行動，而不是三心二意地站在原地空等。

　　愈是冷門、愈不賣座的小說人物愈常**吼叫**、**猛衝**、**轉向**、**亂推**——累死了！不分男女都一樣，他們也常**低喃**、**抱怨**、**蹉跎**，讀者看到都要翻白眼了——這些都是小屁孩的行為，不屬於光芒萬丈的主角。英文格言說：「猶豫不決者必定失敗。」這句話也適用於小說世界，而且男女通用。猶豫不決的主角會讓讀者猶豫打開書後要不要繼續往下翻，如果你進入了主角的世界，你也會

跟著暫停、放棄、蹉跎，腦海裡只留下一片空白。

人物不分男女都會**採取行動**，但根據資料顯示，男女人物在暢銷書裡的行動不太一樣。暢銷小說裡的人物都比較會**花錢**、**走路**和**禱告**，但男人多**親吻**，女人多**擁抱**。男人**飛行**、**駕駛**和**殺戮**的次數比女人多；女人則比男人常**說話**、**閱讀**和**想像**。他常**旅遊**，她常**停留**；他**思索**，她**決定**；他**承諾**，她**相信**。但他們都會**愛**——愛在暢銷書裡並不是一個屬於女性的行為——不過在男女之間，她比較容易去**恨**。男人女人都會**看**，但他比較常**凝視**，通常是**凝視著她**。她會**尖叫**和**推擠**，他會**擔心**和**揍人**。其實暢銷書的性別角色比較傳統，甚至是刻板印象，但這些男人女人還有一些值得注意的共同點，讓我們更瞭解暢銷小說的祕密。

在檢視研究書目裡和心境與情緒相關的動詞時，我們發現暢銷小說使用了比較多描述狀態的動詞。暢銷小說裡有二十二個動詞比其他小說更常見，而其他小說裡常用的動詞則有八個，這八個詞可以自成一類。和心境與情緒相關的動詞裡，最常用的四個是**需要**、**想要**、**想念**和**愛**，而從這四個動詞所展開的旅程往往會變成經典或暢銷書。平均來說，暢銷小說人物「**需要**」或「**想要**」的次數是冷門小說人物的兩倍，「**想念**」和「**愛**」則是 1.5 倍。

冷門小說人物的心境和情緒往往比較消極，書裡常出現的動詞顯示他們和所處環境的關係很被動，會讓讀者覺得對這些人物來說，是世界創造了他們，而非他們創造了世界。他們的心胸比較不開闊，有時還會比較負面，他們**接受**、**討厭**、**設想**、**彌補**

或挽回，他們也會盼望，但「盼望」和暢銷小說裡的「需要」和「想要」比起來就無力多了。平均來說，冷門小說人物「盼望」的次數是暢銷小說人物的 1.3 倍，「以為」則是 1.6 倍，而「討厭」的次數更接近兩倍之多。

　　當我們把小說人物放到顯微鏡下檢視的時候，冷門小說裡敘述動作的動詞通常都沒辦法幫角色加分。這讓我們開始覺得，小說人物其實需要為自己開創命運，不只是在小說裡，也是在書市裡。德國哲學家諾瓦利斯（Novalis）說：「性格和宿命是一體兩面。」希臘哲學家赫拉克利特（Heraclitus）說：「人的性格就是他的命運。」你想想看，一個會咕噥、纏人、斜睨、打哆嗦、雙頰發紅、喘不過氣的人物會有什麼命運？在任何文化裡都稱不上英雄吧。你會想觀察他嗎？想像一下他的畫面，這個人是被下藥了嗎？或者，他心臟病發作了嗎？如果他還顛簸、搖晃、發抖、笨手笨腳、動作不協調呢？他顯然連自己都控制不了，這種人物的故事不可能會暢銷。

　　而小說人物的動作如果俐落協調的話，看起來就會比較吸引人，暢銷小說裡的人物會吞嚥、點頭、開關、說話、睡覺、打字、觀察、轉身、跑步、開槍、親吻和死亡。其實，暢銷小說裡男女人物死亡和倖活的比率一樣高，儘管死去或存活的不見得是主角。這裡值得注意的是，暢銷小說裡總會有人經歷生死關頭或其他戲劇張力強大的行為，不像冷門小說裡的人物總是在打呵欠。

　　大部分暢銷小說的人物都有一種魅力，讓他們與眾不同，

他們有特別的天賦，可以做到別人做不到的事情。《黑色豪門企業》裡的男主角米奇‧麥克迪爾英俊帥氣，畢業自哈佛大學；他是個工作狂，而且腦子轉個不停，從來不需要睡覺，還能同時和黑幫與FBI鬥智。我們再來看看《蘇西的世界》裡的蘇西，她雖然已經死了，但是靈魂還在，可以在「天堂」裡洞悉全局，從各個視角看到凡人如何調查她被謀殺的經過，甚至還可以借用別人的身體來完成她的愛情故事。而羅伯‧蘭登更不是個簡單角色，光靠幾本圖書館裡的典籍和幾杯茶是沒辦法破解「達文西密碼」的，得加上他的才華洋溢和思緒敏捷，而且還得是全世界最懂象徵符號學的人。

　　在《控制》裡面，愛咪的A型人格讓她殺了人，但我們都記得她有個完美的計畫、是個完美的騙子，她比每個人都聰明，那工於心計的程度讓讀者的髮根都豎了起來。而莉絲白‧莎蘭德是個厲害的駭客，她比誰都還要懂程式，沒有她，就沒辦法解開《龍紋身的女孩》的謎團。普立茲獎得獎作品也不例外，以《所有我們看不見的光》為例，年輕的維爾納利用他的電機專長逃離了孤兒院，而瑪麗洛爾雖然看不見卻也完成了她的英雄壯舉。這些暢銷小說人物之間有什麼共通點呢？他們都不會**盼望**、不會**以為**、不會打呵欠。他們很特別，他們有勇氣、有信心，而讀者會支持他們。

　　小說人物要暢銷，不能只有動作正確，說話的方式也要對。關於對話，資料分析的結果告訴我們，如果你看的書以女主角

為主，那你可能不會喜歡她談論、抱怨、呼籲、強調、吼叫、回答或要求，這些動詞的選擇其實和人物性格有顯著的關聯。為什麼會吼叫或要求的女生很少能登上排行榜？這和文化對女性的描繪沒有關係，只代表了當女性人物說話時，作者最好直接寫「她說」就好；用其他動詞去替代「說」，只會葬送這本書暢銷的可能性。唯一的例外是「她問」，因為這個動詞代表她在思索一個問題。

任何想要成為暢銷作家的作者都曉得，無窮無盡的副詞和形容詞子句就像是在跑車後面加裝貨櫃，笨重而無用。同樣道理，人物在說話的時候，作者應該要讓上下文發揮作用，不必白花心思去找同義字來代替「說」，然後模糊了焦點、錯失了節奏。我們來比較以下這兩個例子。

第一：

　　已經晚上七點半了，丹妮拉還在辦公室裡工作。就在她準備下班的時候，助理跑來告訴她還有四通電話要回、一個封面設計要審、三份書稿要看。「你人真好。」丹妮拉對助理說。

第二：

　　現在是晚上七點半，漫長的一天。丹妮拉想要下班

了，但助理走了進來，用譴責的語氣對她說：「妳有四
通電話要回，有一個封面設計要審，還有三份書稿在等
妳。」意思是現在還不能下班。

　　「你人真好。」丹妮拉正經八百地宣布。

　　怎麼會這樣？幾乎是同樣的訊息，但第二個版本卻有點荒腔
走板，因為對話方式不太合常理。「你人真好」在第一個版本裡
是帶著戲謔的嘲諷，但是在第二個版本裡讓丹妮拉似乎有一點怪
怪的。很多業餘作家實在太講究對話過程，反倒畫蛇添足。

　　電腦模型和許多寫作課的教授一樣清楚寫作的道理，而且電
腦的標準不會因為一個作家的名字和資歷而有所不同。在寫對話
的時候，引號外的動詞應該盡量低調，最好用很不起眼的單字，
像是「說」。因為上下文和引號內的對話才是有效塑造人物性格
的關鍵，引號外的動詞並不重要。這就是為什麼暢銷書裡面常見
的動詞是「問」和「說」，而不是「要求」和「驚呼」。

暗黑女主角

　　為什麼「需要」這個詞是最能區隔暢銷書和冷門書的動詞？
為什麼暢銷書的動詞喜歡用「需要」，不暢銷的書喜歡用「盼
望」？從資料分析來看，兩者的差異非常顯著。關於這點可以這
樣思考：我思，故我在；我盼望，故我坐等事情展開；我需要，
故我採取行動。行動才能推展劇情，小說人物發現需求之後就必

須踏上旅程，開始移動，與人互動，接下來也可能發生衝突。他們的需求和他們如何處理需求便讓我們更認識他們。

　　再來談談「女孩」。暢銷書量表告訴我們，這些榜上的新女孩都不是消極被動的人，她們有需求、有渴望，並竭盡所能地採取行動。《龍紋身的女孩》、《控制》和《列車上的女孩》都善於操弄動詞，電腦預測的暢銷指數告訴我們，這幾本書之所以暢銷正是因為這些女孩，而不是書中的男人。是莎蘭德一人扛下《龍紋身的女孩》的所有銷量嗎？從電腦模型的判斷看來，沒錯，就是她。《龍紋身的女孩》賣得這麼好，其實和犯罪小說的推理情節無關，和瑞典政壇、殘暴的強姦畫面、男警探的角色也都無關──而是莎蘭德本身，同時她也開啟了小說女主角的新潮流。現今確實有一股潮流，讓我們特別青睞那種比較黑暗、活在陰影下的女性，那是言情小說家筆下不曾見過的女性。

　　我們憑什麼如此斷言？很多書評在媒體上宣稱，史迪格・拉森之所以會成功，是因為這本書以人物為主，而非以情節或類型取勝。我們該如何用資料來支持這項論點？在每一本小說裡，我們可以檢測第一人稱代名詞「我」、以及男性女性代名詞後面的動詞。若根據男性人物所執行的動作來判斷，《龍紋身的女孩》暢銷機率只有29%，所以男警探麥可・布隆維斯特不是個突出的人物。電腦模型認為他很容易被讀者忘記，而且坦白說，我們自己看過小說後也差點忘了他的存在，但我們可不會忘記莎蘭德。

　　我們後來也檢視了其他的「女孩」小說，並發現同樣的模式，只是沒那麼明顯。依《控制》裡的男性行為來判斷，這本書

的暢銷機率還有 72%，而《列車上的女孩》則高達 97%。這麼高
的分數表示珀拉‧霍金斯讓她筆下的男性人物做出正確的舉動，
但我們也要參酌一件事，就是男性人物在這本小說裡的存在感比
另外兩本低，所以不太容易犯錯。不過，就算《列車上的女孩》
裡的男人讓人留下深刻的印象，書中的女性人物還是更突出、更
耀眼，就和所有的「女孩」小說一樣。女性人物讓《龍紋身的女
孩》的暢銷機率達到 93%，《列車上的女孩》和《控制》更高達
99%。所以電腦模型認為，沒錯，這些女孩確實有兩把刷子。

　　資料分析的結果實在讓人意外，畢竟這些女孩和傳統中的
理想女性迥然不同，可見讀者喜歡的類型已經距離丹妮‧斯蒂爾
筆下優雅、善良、美麗的女主角很遙遠了。這些有陰影的女孩既
然能接二連三地橫掃全球的暢銷書排行榜，就代表大眾文化一定
渴望著什麼——可能是一種冒險、一種刺探或一種解脫。無庸置
疑，社會學家對此一定有話要說，但我們從文學評論的領域觀
察，看到了一種新的類型正在興起並成為主流，我們稱此類型為
「暗黑家庭」（domestic noir）。

　　這類型的小說專寫新型態的女主角，也就是我們所說的「女
孩」。女孩很重要，因為她們能夠把傳統懸疑小說、推理小說或
甚至恐怖小說的元素帶向私領域。家是永遠的避風港，而過去
黑暗的劇情都發生在避風港外的公領域，如間諜與政府、法庭與
監獄、學校與辦公室。但是對「暗黑家庭」這種新類型的小說而
言，女孩帶我們走進家門、走進傳統與刻板印象裡屬於她的領
土、走進她的感情、婚姻與家庭，並扭轉所有刻板印象。在這些

空間裡，這個新型態女主角可能是個復仇天使、憤怒的受害者或一心要置人於死地的暴力狂。

在某種程度上，女孩已經昇華了。女孩的出現就是要測試人性、要挑戰限制、要取代常規、要推翻世人對女性的期望。經歷苦難昇華後的女孩更顯純粹，這也是數千本各類型暢銷小說人物的特色。許多男女主角在經歷掙扎之後，會讓他們的世界更加美好、更加純淨。而看著他們淨化世界的讀者也會跟著沈澱雜念，這便是閱讀的樂趣之一。

文化人類學家瑪麗・道格拉斯（Mary Douglas）用淺顯易懂的方式說明了這個道理。她在研究著作裡提到體系與異類，並說明人類本來就會透過「命名」的方式來強調某個人或某群人，以表達自己的想法或立場。例如在一夫一妻制的社會裡，我們可能會用「亂搞男女關係」來指涉那些有多重性伴侶的人；政府若察覺國家安全受到威脅，可能得先把潛在的滋事者貼上「恐怖分子」的標籤，之後才好進行制裁。命名很重要，命名透露出我們允許或禁止哪些行為。所以不管是為小說取書名、為個人舉止下定義或是讓政府師出有名，命名都有很重要的意義，在文學藝術中尤其如此。

對道格拉斯來說，命名是掃除威脅的過程，不管這個威脅有沒有名號。在一個健康的體系裡，大家所察覺到的「問題」可能是字面上或象徵意義裡的汙點，也可能是禁忌；這個「問題」可以是備受爭議的新觀念、逐漸成形的行為模式，或是美國小鎮裡逍遙法外的殺人犯。當然所有小說情節裡都有「髒東西」，最經

典的例子就是阻擋在美麗女孩和白馬王子之間的邪惡繼母。暢銷書排行榜上的這些女孩之所以吸引人，一部分就是因為她們挑戰了傳統的標籤。道格拉斯說，其實這些汙點根本就不「髒」，只是在文化體系裡大家還不習慣。

莎蘭德的龐克短髮和刺青其實沒什麼特別的，但是當她被拿來和瑞典社會或其他小說裡的女主角比較時，就顯得她與眾不同了。莎蘭德令人著迷之處，就在於她既製造問題也解決問題，而《列車上的女孩》裡的瑞秋與《控制》裡的愛咪也一樣。一般貼近刻板印象的劇情往往善惡分明、正邪對立，但這三本小說的情節都更複雜、更揪心，這三個女孩亦正亦邪、是問題也是解答。這些內心黑暗充滿糾結的女孩，我們該拿她們怎麼辦？

我們花一分鐘來想一下這個世代最暢銷的英雄人物——哈利波特，沒有其他暢銷書的角色能贏得過他。在《哈利波特》系列小說裡，整個系統的「汙點」就是佛地魔這個大反派，他甚至被稱為「名字不能說出來的人」，在無可名狀的情境下一直活著。《哈利波特》正是近年來最能體現道格拉斯理論的暢銷小說，整個魔法世界裡只有哈利波特敢喊出「汙點」的名字，他一而再地、毫無顧忌地說出死對頭佛地魔的名字，嚇得其他人直打哆嗦，當然也只有哈利波特能夠與之抗衡。

最後，經過了七本小說與七場戰役，哈利波特不只把佛地魔趕出霍格華茲，還把他趕出了魔法世界與麻瓜世界，重建了秩序與安全，並成就了自己的婚姻。小說結尾講述每一位巫師的婚後生活，讓這個破紀錄、創歷史的系列小說止於「一切都十分幸福

美好」。這樣的故事安排在暢銷小說裡非常普遍，透露出我們的文化或全球讀者的心理需求。

這種「一切都好」的結局對暢銷小說而言似乎是必需品，也是三幕劇架構中的重要元素。當然，小說人物未必能完成目標，但故事似乎會往圓滿結局前進。人物在過程裡一定會捲入糾紛，就像哈利波特剛開始與大家格格不入那樣：他額頭上有個閃電疤痕，住在樓梯下方的儲物間，但他在青少年時期發現自己是命中注定的救世主（被選中的人）；身為最有天分的巫師，他的生活和歲月都花在讓東西出現或消失、和會變身的狗對話、打擊會吃人的植物、對抗邪惡巫師和會吸取靈魂的催狂魔、用飛天掃帚在運動比賽中打敗校內對手，甚至死而復生。雖然經歷過這麼多戲劇性的事件，哈利波特的故事最終還是走向一般中產階級的生活安排：他當了十年的英雄，最後一舉卻是向他死黨的妹妹求婚，娶了個甜美可人的鄰家女孩。

我們再看看榮恩的結局，這個現代文學作品裡既堅強又勇於冒險的善良巫師，最後好像搬到了郊區，開著家庭房車載滿了孩子，每天吃家常菜看報紙。霍格華茲體系裡的汙點被清除了──沒有了宿敵，哈利波特就沒有必要扛著英雄的冠冕，而故事也就無法在平淡的生活裡前進，因為接下來沒什麼好說的了。故事找到了圓滿的出口，一切都好。

很多暢銷書都是這樣。《格雷的五十道陰影》三部曲的結尾是，那個有特殊性癖好又不願意定下來的男主角在草原上曬太陽，身旁依偎著老婆和孩子。《達文西密碼》的結局則是，經過

一連串的高潮迭起，羅馬天主教組織西班牙主業會的威脅終於消失，最後的畫面是羅伯‧蘭登和蘇菲無意中巧遇她的家人，發現她正是基督的血脈。這本書的結局回歸家庭，並暗示著蘭登和蘇菲可能會陷入愛河──感覺十分美好。排行榜上這類型的結局很多，未必全然皆大歡喜，但會暢銷的小說結局往往會讓人覺得很圓滿。

很可惜，有些人物卻永遠沒辦法走到那一步。這些女孩沒辦法一切都好，因為她們既是問題也是答案。她們威脅著體系的傳統道德，但她們也會為了淨化世界而抖出別人做過的骯髒事。身為帶來改變的催化劑，她們既有強大的能力，卻又受到能力的限制。這就是為什麼她們是「女孩」，作者必須明白指出她們的能力有什麼侷限。而在作家們找到正確的解法以及暗黑女孩最適合的地位之前，我們認為她們還會持續出現在排行榜上。

女孩的帽子戲法

我們之前說過，我們的電腦模型在尋找暢銷書時，「需要」是最有影響力的動詞，而且「需要」這個動作可以展現出人物性格。以《控制》為例，我們把小說裡所有人物表達「需要」的句子都篩選出來，就可以從這 163 句話裡看出劇情的縮影和小說的調性。光是用「需要」一詞就可以清楚刻畫愛咪和尼克的婚姻；當我們把這些句子都列出來，一讀過去就可以立刻感受到兩人之間逐漸升高的衝突與對立。

- 尼克說：我需要喝一杯。
- 愛咪說：我需要被襲擊，在失去意識後被抓走，就像野貓一樣。
- 尼克說：我不認為我需要解釋我對她做了什麼。
- 愛咪說：我是壞女孩，我需要懲罰才會乖。
- 尼克提起他的妻子：她需要一直對男人放電，讓女人吃醋。

　　這類型的句子不勝枚舉，他們互相輕蔑，形成整個故事裡的情緒張力，也讓我們看到他們婚姻的黑暗面。事實上，這本小說裡所有的「**需要**」都指向黑暗面，指向破裂婚姻的情緒與心理罩門。當尼克發現愛咪才是最嚴重的威脅時，小說達到了高潮，他說：「我需要其他人當我的後盾，我太太不是那個鄰家女孩愛咪，是復仇使者愛咪。」

　　這三本「女孩」小說能討論的點實在太多了，光是書評就可以集結成冊，而大眾文化裡黑暗女性的角色也可以當作博士研究的題目。我們的目標是要解開暢銷書密碼，所以聚焦在三個關鍵元素：第一個元素是人物的催化功能，尤其是女性人物；第二個元素是情緒轉折，也就是第三章提到的「完美曲線」；第三個元素則是題材，特別是和「人與人的情感連結」有關的題材，如第二章所述。而將這些元素揉合在一起的功夫就有如必殺技，可以創造出各種銷售奇蹟。我們在寫這本書的時候，光是在美國，《控制》就賣出了786萬6,590冊，《龍紋身的女孩》賣出了746

圖 16 三本女孩小說的情緒曲線

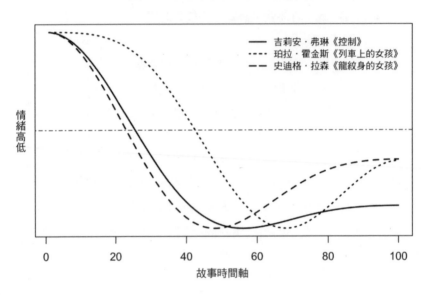

萬 616 冊，而《列車上的女孩》則賣出了 373 萬 1,239 冊（這還只是精裝本的銷量，因為《列車上的女孩》尚未推出平裝本）。這種數字並不常見，而電腦演算法便解開了謎團當中的一部分。

我們前面提過小說有不同的曲線，概略來說可以區分為六、七種基本形狀，有的像英文字母「M」、有的像「W」、「N」或「U」。我們檢視了研究書目裡所有小說的曲線，發現並沒有哪一種曲線能保證暢銷，所以當我們發現這三本大賣的「女孩」小說在曲線上彼此相似，直覺認為這背後一定暗藏玄機。不過，看來

「女孩」小說的暢銷並不只是靠暗黑的女性角色，這幾本書其實都屬於同種新興的小說類型。

這三條曲線（圖16）讓人恍然大悟，莎蘭德、愛咪和瑞秋都拉出了幾乎一模一樣的情緒曲線，而且這三條線都推翻了典型的圓滿結局。這三條曲線清楚地表示，我們看到小說的最後並不會見到像《哈利波特》般「一切都好」的結局。這麼說雖然很殘忍，但說到底，這三個「走偏了」的女孩都屬於結局的一部分，而在作者為她們找到一個適合的歸宿、給她們一個解答或一個圓滿結局之前，我們認為這些女孩仍會繼續停留在排行榜上。

值得深究的是，這幾本小說的前半段劇情都直往下墜，到最後又沒有獲得解答，很明顯這種故事類型的特色，是結局比開場更令人難過。

這幾本小說的結局都很創新，在《龍紋身的女孩》裡，莎蘭德察覺了她對警探布隆維斯特的愛意，而且兩個人有機會交往。噢，上百本小說不都是這樣嗎？男女主角一起拯救世界，最後互訴衷情。莎蘭德本來就不是被動的女孩，所以她採取行動，買了一份她知道布隆維斯特一定會喜歡的禮物。他會接受她的禮物和告白嗎？這段感情會讓女孩變成「女人」嗎？莎蘭德會在這一刻找到歸屬嗎？讀者或許會懷抱這種希望。但是當莎蘭德跑去見心上人的時候，卻看到他在對街和情人手勾著手，而且他的情人還是個有夫之婦，只是他們夫妻都同意一段開放式的關係。很顯然，這本小說寫的並不是典型一夫一妻的封閉式伴侶關係，而所有的「女孩」小說都在玩弄傳統的感情關係。這本書的結尾是莎

蘭德拋下心中的夢想：

> 「莎蘭德，妳這蠢蛋。」她大聲說。
> 　她踩著高跟鞋轉過身，回到潔淨無瑕的嶄新公寓。
> 當她經過辛肯斯丹，外頭開始下雪了。她把貓王丟進垃
> 圾車裡。

　　她的公寓潔淨無瑕，降雪淨化了她的身心。她大徹大悟的心境和這場雪簡直就像是詹姆斯‧喬伊斯的作品，將一切都洗乾淨了。莎蘭德這個角色在小說裡的功能就是要淨化這個圈子，但這個圈子卻也容不下她。

　　《列車上的女孩》的結局則是，雖然瑞秋想和前夫復合，但他們最後還是分開了。不過她也沒有和梅根的先生在一起，儘管他們曾經有短暫的情愫。而瑞秋還發現她的前夫湯姆是個殺人犯，謀殺了失蹤的梅根，也就是她第一次從列車車窗看到的人。不但如此，瑞秋更發現了湯姆曾和梅根外遇並又再娶了另一個女人，虧自己之前在列車車廂內還把梅根的感情生活想像得很完美。為求自保，瑞秋竟然在湯姆的新婚妻子面前用螺絲鑽開瓶器把湯姆給殺了；對酗酒成性的瑞秋來說，選擇這個武器實在太諷刺。過去，湯姆曾在行凶之後利用瑞秋喝酒的習慣當作不在場證明，說她因為酗酒而「忘記」真相。原本象徵著暗黑女孩缺陷的開瓶器，這下子變成了伸張正義、一吐為快的象徵。

和《龍紋身的女孩》一樣，《列車上的女孩》在最後一場戲解決了一樁刑案，但卻無法因此獲得歸屬和寧靜，所以她要準備下一步，孑然一身地回到火車上。

> 我回到床上，打開燈，無法入眠，但我得努力。最後，我想，惡夢總會結束，我不會一遍一遍又一遍地在腦海裡重播。但現在我知道長夜漫漫。我明天得早起搭火車。

比較這三本「女孩」小說的情緒曲線，《控制》的結局最平，也最淒涼。在小說的最後，愛咪和尼克被困在藏滿黑暗的扭曲婚姻裡。愛咪殺了人，回到丈夫身邊，賄賂他、恐嚇他、甚至用他打完手槍的衛生紙搞大自己的肚子。她帶著黑暗且苛薄的虛假面具，無所不用其極地創造出完美居家生活的表象。這本小說的最後是她說出遺言，然後把兩人牢牢地永遠困在僵局裡。這個結局很恐怖，但吸引力超強。

所以，我們在這裡分析出來的結果是，理想女性的角色被翻轉了，情緒曲線被翻轉了，暢銷的主題也被翻轉了。在本書第一章我們就說過，最成功的作家都很瞭解小說的潛規則，清楚到能夠用最優美的方式來顛覆規則，而這些「女孩」小說全都是最佳範本。你可能還記得，預測暢銷小說的頭號題材就是「人與人的情感連結」。雖然從劇情摘要看不出來，但根據電腦模型，「情感連結」這個題材占了《控制》全書篇幅的 11%、《列車上的女

孩》的 15%，是這兩本書占比最高的題材。不過，在這兩本小說裡，「情感連結」就像是在哈哈鏡前面一樣被徹底扭曲，婚姻和家庭都變成了最陌生的空間。至於《龍紋身的女孩》，整本書幾乎看不到對「情感連結」的描寫，這個題材在所有題材當中排名第四十七，占的篇幅還不到全書的 0.5%。我們可以明顯感受到作者沒有在寫「情感連結」，因為莎蘭德缺的就是這個。全書題材依篇幅比重排列後，前十名裡最接近「情感連結」的題材是「和朋友互動」。身為讀者，我們都希望莎蘭德能夠瞭解，她雖然聰明絕頂，但她對人實在是太生疏了。當然，她也知道這一點，只是她就是沒辦法得到完美的結局。

這些「女孩」小說最終都還是靠人物驅動的故事，讓我們看到了不符合「美國女孩」形象的角色。莎蘭德是個孤兒，她應該是要被保護的，但卻被虐待、被排擠。瑞秋形容自己「一貧如洗、離過婚又酗酒，很快就會無家可歸」，這顯然和傳統女性要當個好妻子、好母親的設定不符，更慘的是她後來還失業了。愛咪則一直都不是「神奇愛咪」，那是她父母創造出來的童書人物，是一個「完美女孩」，聰明、誠實、漂亮、溫柔又善良，但也就是這個完美愛咪所帶來的壓力毀了她。不過，從另一個角度來看，莎蘭德是全世界最強的駭客，瑞秋是業餘偵探，愛咪是犯罪首腦，她們各自天賦異稟，而且和其他的暢銷小說人物一樣，都下定決心要善用天賦替自己找到歸屬。

當代作家為三位女孩布下這麼多困局，讓我們知道這些女孩的文化壯舉還沒有完成。在她們找到各自的結局和平靜之前，我

們相信她們還會繼續引領閱讀風潮。

　　所以，奉勸各位編輯：看到「女孩」小說就盡量簽下來賣吧。

電腦選書：人物類

最能催化劇情的男性小說人物前十名

1. 派翠西亞・康薇爾《掠食者》
2. 艾蜜莉・吉芬《非關友情》
3. 希瑟・古登考夫《被囚禁的音符》
4. E. L. 詹姆絲《格雷的五十道陰影 II：束縛》
5. 史蒂芬・金、彼得・史超伯《黑屋》
6. 泰麗・麥克米倫《當老牛碰上嫩草》
   （How Stella Got Her Groove Back，暫譯）
7. 艾琳・莫根斯坦《夜行馬戲團》
8. 詹姆斯・派特森《動物園》
   （Zoo，暫譯）
9. 茱迪・皮考特《姊姊的守護者》
10. 湯姆・瑞奇曼《我們不完美》

最能催化劇情的女性小說人物前十名

1. 派翠西亞・康薇爾《微物證據》
2. 愛瑪・唐納修《房間》
3. 珍・葛林《第二次機會》
   （Second Change，暫譯）

4.　約翰・葛里遜《勒索者》
　　（The Racketeer，暫譯）

5.　莎拉・格魯恩《大象的眼淚》

6.　A. S. A. 哈莉森《沉默的妻子》

7.　E. L. 詹姆絲《格雷的五十道陰影 III：自由》

8.　克莉絲汀娜・貝克・克蘭《孤兒列車》

9.　詹姆斯・派特森《蘇珊日記》
　　（Suzanne's Diary for Nicholas，暫譯）

10.　茱迪・皮考特《家規》

第 6 章

綜合分析

誰寫出了滿分小說？

假設你在酒會裡認識了新朋友，對方的第一個問題大概會是問你在做哪一行。如果你和我們一樣，你就會說你從事文學工作。這時候，你最有可能得到的回應是：「那是在做什麼？」

「文字啊！」你可能會這樣回答，然後就看到對方兩眼發直、不知所措。這時候你可能要解釋得更深入一點：「像是句子、人物、小說、想法，或是故事啊！」

講到這裡，你多少猜得出來下一個問題是什麼了。如果你嗜書成性而且還因此沾沾自喜，你可能會和我們一樣經常被問到這題：

「你最喜歡那一本小說？」

噢，愛書人最怕這個問題了，如果你是專業的愛書人那就更慘！你的回答要怎麼滿足眼前這個問題很多的新朋友，以及龜毛又挑剔的自己？「哦，我喜歡的小說有好多本。」這答案實在太遜了，人家只會覺得你很空洞。

其實，「你最喜歡哪本小說」等於就是在問：「快告訴我哪本小說好看。」言下之意就是：「讓我知道你在做的事情很有意義。」當然，對一個股票經紀人或醫生來說，這種問題很正常，像是「哪支股票可以買？」「怎麼樣可以延緩老化？」但哪一本小說好看？壓力好大哦！

如果你想賣弄學問，可以推薦《尤利西斯》，但你可能會因此嚇跑新朋友，或讓人覺得你是個老學究。如果你想顯得有學養

又跟得上時代，你可以推薦那本擱在床頭良久卻一直看不完的書，像是《完美夫妻的祕密》（Fates and Furies，暫譯）、《炎都紐約》（City on Fire，暫譯）和《防守的藝術》，通常作者都是些藝術創作碩士。問題是，如果人家問起結局，你就破功了。

另一個讓人覺得你有學養的策略，就是選一本熱門的普立茲獎得獎作品，這絕對不會錯。「哦，我不曉得耶，我這禮拜最喜歡的書應該是《貧民窟宅男的世界末日：奧斯卡·哇塞短暫奇妙的一生》。」但這本小說充斥著複雜的註解，根本不可能在一杯馬丁尼之內解釋清楚。所以你又挑了一本上次難得休假一週在海灘上看完的小說，或許是大衛·鮑爾達奇、諾拉·羅伯特或麥可·康納利的作品。奇怪的是，儘管大家都在看這些書，但我們好像不應該提起（希望你們看完本書也能知道為什麼）。

那該怎麼辦？你可以打安全牌《少年 Pi 的奇幻漂流》，但這好像太敷衍了。或許你喜歡的書很多，又或許你實在很想講一本你大學時期最喜歡的小說，像是《梅岡城故事》、《傲慢與偏見》或《使女的故事》。又或許有一些翻拍成電影的小說也出現在腦海裡了，至少你的新朋友會知道劇情，例如《長路》、《派特的幸福劇本》和《我想念我自己》。

最後，你終於做出決定，你說出了《貧民窟宅男的世界末日》。但你一脫口就知道下個問題絕對躲不掉，而且這個問題往往更難回答：

「嗯，這樣啊。為什麼喜歡這本書？」

當然，你知道你不能輕描淡寫地說：「因為它寫得好。」絕

對不能。

　　我們先暫停一下，想想現在是什麼情況。對，你要在酒會裡試圖解釋朱諾・狄亞茲如何贏得普立茲獎。讓我們來幫點忙。在《貧民窟宅男的世界末日》裡，狄亞茲的風格能吸引廣大的讀者，而且他對人物的刻畫，尤其是男性人物的描繪近乎 99% 完美。但是在我們所處的文化裡有很多潛規則，就像之前講過的，其中一個就是要逼人「挑出第一名」。所以選擇很重要，你的選擇透露出很多訊息。

　　推薦一本書不像推薦一種保健食品或一支股票；推薦一本書像是在珍・奧斯汀的舞會裡穿梭，有很多潛規則，也很容易失言。書本的世界裡有很多包袱，到處都是勢利鬼，到處也都是討厭勢利鬼的人。你的品味懸於一線，你有沒有格調全看這一句話，你絕對不想因為這個回答而被貼上標籤。你不希望別人把你當成是愛好情慾小說或沉迷科幻小說的那種人，也不想讓人覺得你厭惡那些在推廣「真文學」的文壇菁英；但當你說出你最喜歡哪一本小說的同時，這些價值觀就會無聲地投射到你身上。這正是為什麼選擇一本最愛的小說並說明理由，簡直是在對陌生人掏心掏肺。

　　每一本書的出版都是在形塑大眾文化，所以每一張書單都默默扛著這些包袱。和書籍有關的對話很容易一觸即發，不只是暢銷書單，各種對於書的意見都可以煽動情緒（尤其是不負責點評）。2001 年歐普拉推薦法蘭岑的《修正》就是個例子，法蘭岑說歐普拉選的其他書籍都太傷春悲秋，還說讀他的作品需要比較高的學

識，不適合歐普拉的讀書會，結果引來各界撻伐。

再看看 1960 年企鵝出版社推薦《查泰萊夫人的情人》有什麼下場，這本書的種族偏見害出版社吃了一場極受矚目的官司。還有 Facebook 創辦人祖克柏分享他的推薦書單後，全世界各大報不但爭相轉載還加以評論，評論內容不外乎是帶讀者一起來細細檢閱這份書單，從中瞭解這位 Facebook 執行長的為人。很顯然，報紙還是沒能說清楚書單所呈現的祖克柏究竟是位怎麼樣的人。但每次只要有人公開推薦一本書，一定少不了爭議、意見，以及媒體的攪和，絕無例外。

我們再回到酒會上。

每個人都在討論他們最喜歡的書並說明原因，有人可能會說：「我最喜歡《沒有名字的人》，因為亞當‧強森很厲害。」沒錯，這是真的。另一個人可能會說：「我最喜歡《生命中的美好缺憾》，因為我哭到眼淚都要乾了。」真令人同情。但如果你想在這個老話題裡來點不一樣的答案？搞不好會征服全場，也搞不好會嚇壞全場，但你絕對會變成話題的焦點。

閱讀品味的地雷實在太多了，如果你想全身而退，乾脆略過這個問題，直接告訴大家演算法最喜歡的小說是哪一本。你說這套演算法已經讀完上萬本小說，並在沒有任何人為介入的情況下，給了茫茫書海中的一本小說、唯一的一本小說滿分。你說這套演算法能解釋這本小說滿分的理由，不只是靠文字說明，還加上了大量的圖表和試算表。我們很好奇，如果你這樣回答，你的新朋友端著雞尾酒會怎麼想？藉由演算法來選書，你還能自稱

「愛書人」嗎？

這些都是我們在展開這項研究之前就得面對的問題，而且是很危險的問題。不過我們對電腦模型的信心強大到近乎迷信，不管分析結果是什麼，我們都願意公開。我們當時並不曉得電腦模型也會加入選書的行列，但是經過五年的訓練，電腦的選擇竟然如此奇妙。

所以，不管你說我們是活在烏托邦、反烏托邦或文字宅的世界裡，我們決定邀請電腦來參加這場酒會。

中了！

看到這裡，你應該已經知道我們在研究什麼，也瞭解暢銷書量表的基礎了。在第一章，我們說明了電腦模型如何用數千筆資料來預測一本小說登上《紐約時報》暢銷書榜的機率。經過證實，暢銷書量表的準確度有八成。每一本書都會得到一個暢銷指數，代表它暢銷的機率，而本書所討論到的小說幾乎都高達 90% 以上。

在第二章，我們只讓演算法去判斷小說題材，並分析哪些題材在怎麼樣的比例組合之下會暢銷又長銷。電腦分析的結果是，銷量最好的小說通常是由三至四種主要題材占去全書 30% 的篇幅，搭配著其他題材只占一小部分，負責提味。而最常出現且最為重要的題材是「人與人的情感連結」，專門描寫小說人物之間的相處互動。其他常見的題材還包括了「家庭」、「工作」（史蒂

芬‧金說大家都想在小說裡讀到職場觀察）、「孩子的校園生活」和「現代科技」。

在第三章，我們看過情緒曲線，電腦模型有效地追蹤情緒字眼並畫出曲線圖。儘管暢銷書的曲線各有不同，但近三十年來許多銷量最好的書都有強烈而規律的節奏。電腦模型顯示出情緒曲線裡的設計，以及明確的三幕劇架構，表示讓讀者上心的小說往往都經過作者縝密安排，讓情緒峰迴路轉，最後橫掃全球市場。

但是，不瞭解風格的作家就絕對上不了榜，就算有對的主題和好的情節也沒用。所以在第四章，我們讓電腦模型去分析寫作風格以強化預測能力。若提起暢銷的寫作風格，我們發現作者一定要熟悉庶民的日常語彙。你如果想要駕馭暢銷風格，文學訓練固然要紮實，但若能有一些大眾媒體或廣告行銷的歷練很有可能會大加分。

在第五章我們則說明了動詞的使用如何可以創造出暢銷的小說人物。我們介紹了目前當紅，噢，當黑的女主角和她們所展開的劇情。這些女性小說人物通常會引領情節發展，威脅寧靜和諧的家庭生活，把公領域的恐懼帶進生活裡最私密的空間。她們是強力催化劑，強到令人顫慄。

我們必須承認，我們真的很希望有小說家在讀到這一段時心裡想著：「噢，我的天啊，我寫出那本滿分的小說了。」我們不禁納悶這位熟知現代讀者節奏而且直覺敏銳的作家，是否曉得電腦怎麼運算；是否掌握了暢銷小說的所有上乘功夫，而人在創作

過程中還能如此清楚暢銷公式？

　　我們每一章都單獨討論了小說的一種元素，但這種方法其實會誤導大家。我們可以從題材、風格等面向來理解一本小說為何暢銷，但實情是，小說必須結合所有元素的交互作用才能打動人心。任何元素都不可能單獨存在，人物設定錯誤就會拉出失敗的情緒曲線，題材組合錯誤就限制了人物的旅程。想登峰造極，作家一定要面面俱到。想在暢銷書量表上得到高分，作家一定要在各方面都打中要點，無論書名、開場白或尾聲，還有這之間的所有曲折，一點都不能輕忽。

解剖完美小說

　　各位也曉得，我們的電腦模型可以把每本小說都分析成圖表和表格。每一本書的分析報告大約有十五頁，我們可以從中看出情緒曲線、不同人物所採取的動詞，以及使用定冠詞和形容詞的頻率。在閱讀了數百份報告並比對這些小說的銷售表現之後，我們練就了一雙慧眼，然後發現有這麼一份報告，從印表機吐出來之後就讓人興奮不已。

　　這是獨一無二的一份報告，呈現出以下結果：

① 題材組合
三種題材構成全書約 30% 的篇幅，我們知道這是致勝方程式。這本書的內容有 21% 在寫「現代科技」、4%

在寫「工作與職場」、3% 在寫「人與人的情感連結」。根據我們的電腦模型,「情感連結」正是名列第一的暢銷題材,而另外兩個題材也都在前十名之列。

② 情緒轉折

這本小說的三幕劇架構和《格雷的五十道陰影》相同。從情緒曲線中,我們可以看到細節在一幕幕之間呈現,而它的曲線和少部分已出版小說是相似的。和開頭相比,情緒曲線的末端落在更黑暗的地方。因此,這本書的特徵不但像《格雷》,也很像其他幾部「女孩」小說。

③ 文字風格

這本書的風格達到完美平衡,兼顧了學院派得獎作者的「男性」風格,以及屬於大眾媒體、廣告文案的「女性」風格。具體來說,女性風格占 52%、男性風格占 48%。作者使用「-'ll」與「-d」等縮寫的方式和所有暢銷小說並無二致,同時他也利用各種細微的風格元素來創造說書人的聲音。驚嘆號的使用率偏低,而逗號和句號使用得宜,讓句子的長度適中。

④ 人物塑造

這本小說的女性人物暢銷指數高達 99.9%,而主角也是女性。她不但能催化劇情,還帶領情節走向比開場更

圖 17　滿分小說的情緒曲線

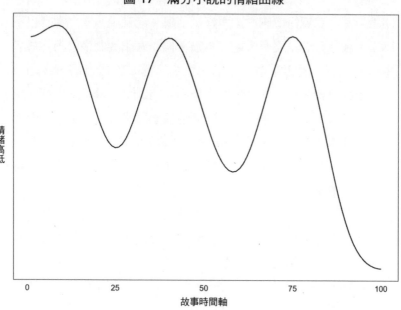

黑暗的結局，而她最常用的動詞就是「need」（需要）和
「want」（想要）。

⑤ 暢銷指數
100%！整本書的報告對我們兩個書蟲來說簡直就是古
柯鹼。

　　這本小說真的有上過榜嗎？有。我們既是文學教授又熱愛閱讀，那我們覺得電腦的選擇好嗎？嗯，老實說，我們當時也不曉得，因為我們還沒有看過這本書。但作者讓我們很心動，書名也是。我們以為電腦選出來的第一名應該是文壇老將，經過多年的出版歷練，早已熟稔暢銷寫作的各門武功，像是李查德、諾拉・羅伯特或約翰・葛里遜；我們也猜過尼可拉斯・史派克或珍妮・伊凡諾維奇。還有另一種可能，電腦搞不好會選出一個非類型作家，他熟悉不同類型小說的規則與期望，但又企圖打破所有規則。到最後，我們兩位作者各持己見，馬修認為愛瑪・唐納修的《房間》會雀屏中選，茱蒂則支持艾莉絲・希柏德的《蘇西的世界》。整個辯論的過程非常好玩，我們也不斷拿出銷售數字佐證。只不過，我們壓根兒沒想過會是這一本。

　　電腦閱讀了過去三十年來的各種小說，選出的第一名是戴夫・艾格斯的《揭密風暴》（The Circle）。

比小說還超現實

　　如果把艾格斯的經歷寫成小說，他絕對是個吸引讀者的人物。他的自傳精采程度不亞於任何小說。或許，就像許多暢銷小說人物一樣，他其實自己也明白。艾格斯在文壇起步的作品就是寫他自己，出道作《怪才的荒誕與憂傷》就是一本回憶錄，描述他在失去雙親後如何在加州扶養弟弟長大。艾格斯就是我們所謂能一鳴驚人的新秀作家——第一本書就上榜。事實上，這本回憶

錄不但登上《紐約時報》暢銷書榜冠軍，還入圍了普立茲獎。這樣的作家難得一見，直覺如此敏銳，又這麼瞭解讀者，甫出道就被大眾讀者推上榜，還抓到了難搞評委的口味。這種立刻在書市裡站穩地位的作者，往往具有強烈的風格。

　　在本書裡，我們提到了作者風格會受到先天與後天的影響。演算法證實了每個作家都有天生的創作基因，而電腦通常也可以判斷出作者在風格養成的過成中受到哪些影響，特別是傳統學院派教育和新聞寫作訓練所帶來的差異。許多新秀作家都曾任職於大眾媒體，艾格斯也不例外。他在新聞系畢業後進入出版業，發行文學期刊《麥克斯威尼的季度關注》，後來才出版了第一本書。不過艾格斯和其他有過大眾媒體經驗的小說家不一樣，他的文字並沒有太強的「女性」風格，如第四章所述。他的風格是男女各半，表示他掌握了暢銷書最典型的風格，以及文學獎評審最認同肯定的風格。艾格斯還得過美國國家圖書獎、北加州最佳圖書獎、戴頓文學和平獎、法國美第奇獎、海因茨獎以及 TED 大獎等眾多獎項。他所獲得的肯定包括《紐約時報》年度最佳圖書、《華盛頓郵報》年度最佳圖書、布朗大學榮譽博士學位以及眾多文學獎提名。

　　但艾格斯不只是一個化逆境為順境的聰明作家，他還和許多暢銷小說裡的人物一樣，是一個超級英雄。他創辦了兩個非營利組織，一個提供孩子們寫作指導和家教服務，另一個專門幫低收入青年尋求資助，讓他們有機會上大學。他寫過許多小說和非小說作品，其中一本非小說描述卡崔娜颶風侵襲之後，一個住在紐

奧良的敘利亞人經歷了哪些不公不義；另一本小說則是根據蘇丹難民的真人真事改編而成。他已婚，有兩個小孩，而且很多人都覺得他長得很帥。

我們已經在本書裡研究過那麼多暢銷小說，所以很容易就能從艾格斯的人生故事裡找到能暢銷的題材與各種情緒轉折。雖然我們沒有和他相處過，但從各種介紹讀來，艾格斯根本是個美國男性模範，就是那種「女孩」小說最終章裡缺少的完美男主角。這個人真的存在嗎？他是不是夥同電腦來呼嚨我們？

噢，有趣的事還不只這些。

當暢銷書量表給出《揭密風暴》滿分的時候，我們兩位作者都還沒有看過這本書，不禁為自己書讀太少感到羞愧。當然，我們立刻就買了兩本，並且用最快的速度看完。我們剛開始看的時候很雀躍，根據本能，我們很習慣地去尋找潛藏在故事裡的暢銷基因。

原文書名《The Circle》（直譯就是「那個圈圈」）當然就是屬於使用定冠詞「The」的名詞系列，而且這個名詞很抽象，可以有各種詮釋的可能。「一個圈圈」（a circle）可以是指一個完整的圓圈，也可以是暗指人際關係的圈子，帶一點神祕兮兮。但「那個圈圈」（the circle）是什麼？天曉得，反正看完就知道了。

到目前為止，書名是吸引人的，開場白也同樣可以打中讀者：

梅兒心想，天哪，這裡是天堂。

　　短短一句話就囊括了所有的暢銷元素，如同我們在前面幾章所述。文法很平衡，句子很精簡，用上了縮寫，語調有個性。女主角出現了，並配上一個暢銷動詞。但是，女主角這麼快就在小說裡提到天堂，是不是代表她將要朝著地獄的方向前進？我們不禁納悶著，她會不會是「那種女孩」啊？

　　我們已經介紹過多部暢銷小說的開場白，這句話通常負責牽引情緒。有力的開場白能讓我們知道第一位登場的人物和周圍人事物之間的關係，有時作者會明說，有時作者讓讀者自己去推敲。這段關係往往會讓我們看到故事的核心衝突，就像第四章提到的例子，關係裡的另一個人分別是惹人厭的警察、情人或家人。不過如果要比對象的話，梅兒還更勝一籌。她可不是在跟凡人說話，她是在和神對話！梅兒心想，她若不是已經死了，就是在地球上找到了天堂。對一本以全知視角描述理想國的小說而言，用這樣的伏筆開場實在是高明又尖酸。我們在看開場白的時候可能會有一種不祥的預感，這是作者故意的。看看這本書的情緒曲線，開場雖然愉快，但線條立刻往下墜，梅兒的情緒就要迅速下沉了。

　　當梅兒到新工作報到就走進了凡間的天堂。她在一家未來的科技公司上班，公司看起來就像是 Google 與 Facebook 的私生子穿上了 Apple 的硬體裝置。小說在頭幾頁就搭好場景，並說明了故事題材的基本組成：21%寫「現代科技」、4%寫「職場與工作」、3%寫「人與人的情感連結」；而故事內容多半都是圍繞著前兩項題材對第三項題材所造成的影響。這就是我們在第二章說

過的，作者利用了少少的幾個主要題材創造出衝突。在我們親自閱讀這本小說之前，電腦的分析報告就指出，它的致勝關鍵很可能和其他許多暢銷書一樣，一方面徹底發揮了「情感連結」這個核心題材，一方面又顛覆了人物之間的關係。

　　梅兒在環網公司（Circle）的第一份工作就是要不斷改善一種客戶服務追蹤系統，如此才能提升客戶滿意度。她的工作表現全看用戶給她的分數，98 分及格了但不夠好，93 分就是糟透了，而 100 分是人人追求的目標。為了達成目標，梅兒必須理解她的用戶並改善服務方式，才能符合用戶的興趣並且滿足其需求和情緒。沒錯，我們知道這很諷刺，但我們的演算法好像挑中了自己？

　　我們兩位作者都跳進了梅兒在環網工作的情節裡，這時我們發現許多暢銷小說的招數躍然紙上。梅兒不只是暗黑的女性，還是暗黑的女魔王。多數登上排行榜的「女孩」只是把威脅和可能的恐懼帶入家庭、感情和住宅等私領域；但梅兒更上層樓，她要全面消滅公領域和私領域。她不但摧毀所有公私疆界，還甜甜地帶著笑。她接下環網最新產品代言人的工作後，就以現代科技為名，大舉入侵住宅、感情和人類心理。梅兒還有一點不同於《紐約時報》暢銷書榜上的「女孩」，她要不是缺乏、就是刻意壓抑她對預防災難的體認，也不曉得自己在挫折的人際關係裡該扮演什麼角色。這本書的結局並沒有提供我們新見解或新方向，而是任由她允許科技讀取她摯友的想法。

　　為什麼不能知道安妮在想什麼？這個世界有權知
道，而且不願再等待。

　　儘管這本小說以「天堂」開場，但艾格斯的情節最後顯然走
向了惡夢般的科技暴虐帝國，正如但丁筆下一環又一環的地獄。

　　我們不想爆太多雷，但這本書絕對值得一讀，一推薦就會不
小心爆雷。我們只要說一句話就夠了：我們在閱讀的時候，對演
算法信心倍增。這本書展現出暢銷小說不同面向的成功要素，以
及這些要素是如何以獨特的方式結合在一起。但我們總隱隱覺得
事有蹊蹺。

　　這感覺有點怪。艾格斯寫了一本小說，內容全在警告我們新
科技的危險，女主角的工作表現以百分制來記錄。她是職場上的
新星，每天進步，不斷朝 100 分邁進，讓她得到用戶與同事的肯
定。我們能說什麼？艾格斯，你得了 100 分。不管你曉不曉得或
喜不喜歡，你確實把小說的神祕暢銷方程式融入了寫作當中，就
連每個逗點、每個連接詞、每個日常生活的名詞都全部符合。以
電腦的角度來看，你就是這三十年來的模範作家。演算法彷彿在
對我們眨眼竊笑，我們都不知道是該拿大鎚把電腦給砸爛、還是
該請電腦去吃頓大餐。

最後的話

　　如果我們帶著電腦模型去參加酒會，可能會讓其他賓客直翻

白眼，這點我們打從一開始投入這項研究計畫的時候就曉得了。但當電腦變得愈來愈聰明，也就愈來愈有自覺（我們要自清一下，這不是我們教的），知道什麼話該說、什麼話不該說。電腦在閱讀了一整個世代的讀物之後，最推薦的小說竟然是描寫尖端電腦運算如何瓦解人性。

　　我們再請電腦挑選市場上最具暢銷潛力的純文學作家，它的答案是……法蘭岑。《自由》是電腦模型最愛的文學小說。噢，老天爺，電腦難道不曉得歐普拉挑了法蘭岑之後引來多少口水戰？難道電腦就可以免戰？還是電腦不曉得歐普拉選書之後有多少報紙專欄不捨晝夜地激辯著哪些小說是高格調、哪些是低格調？哪本小說很菁英、哪本很庶民？誰寫作精湛，誰又浪費文墨？誰有資格評論，誰又沒資格評論？電腦模型才不在乎這些，它篤定地認為法蘭岑的暢銷指數達 90%，而羅曼史小說天后希維雅・黛緊追在後。其實，這兩位作者沒有你想得那麼不同。

　　詹姆斯・派特森和史蒂芬・金也很愛對槓。史蒂芬・金經常抨擊派特森不會寫作，而派特森往往會抬出銷售數字回擊。對此，我們也問了電腦，到底哪一位比較懂得暢銷寫作？

　　電腦說，兩位都是厲害的作家，也會繼續推出厲害的作品。但我們繼續追問，最後電腦選了派特森。

　　我們訓練暢銷書量表辨別讀者的需要，希望電腦模型能夠知道哪一本小說值得數百萬讀者花休閒時間細細品味。當我們要檢視小說的各種元素時，電腦模型就是個公道伯，對事不對人。

　　那麼緊接在艾格斯的《揭密風暴》之後，哪本小說名列第

二？是茱迪‧皮考特的《家規》。她的每一本書都很高分，但最高分的是《家規》和《事發的 19 分鐘》。第三名則又是一本我們都沒看過的書，這是瑪麗亞‧桑波的《囧媽的極地任務》，電腦顯示這本書簡直是個理想教材，裡面囊括了所有讓讀者買單的成分。

　　就這樣，我們忍不住編起了書單。本章最後是電腦排序推薦的一百本小說，希望能讓每個人都有點收穫。

　　我們為本書所做的研究徹底改變了我們對文學、寫作和文評的態度。透過研究，我們成為了更好的讀者和老師，也多瞭解了幾位我們最欣賞的當代作家。2010 年我們兩位作者開始合作，茱蒂說她想研究暢銷小說，馬修的第一反應是：「蛤？」畢竟，當時馬修正在開發一項電腦程式，可以用來偵測文學傑作，還幫機器取名為「加冕者」；但茱蒂想要研究的卻是那種候機時可以買來消遣的書。馬修的學術訓練把他變成了喬伊斯，他在課堂上講《尤利西斯》，甚至把《芬尼根的守靈夜》倒背如流。這是真的，他在我們系上的酒會表演過了。

　　而茱蒂呢？她曾經在馬修的「數位人文」課堂裡嗆聲：「那又怎樣？」她的背景是現代文學和出版，實在看不出電腦對於文學作品的重要性。當她知道電腦可以判斷一部莎士比亞的作品是悲劇還是喜劇時，她的反應是：「誰在乎啊？」她覺得人類自己就可以讀出來啦。她帶著防備的心，守護著出版、文學分析和傳統的選書方式。嗯，馬修總是笑著說她「態度很差」，並把扭轉她的態度當成一大挑戰，然後繼續寫程式。誰知道，時至今日茱

蒂已經準備好要成立一個電腦運算讀書會了。

現在無論是酒會還是馬修的課堂都大不相同了。馬修變成了《穿著 Prada 的惡魔》的書迷,而且只要幾杯酒下肚,就會開始聊起《格雷的五十道陰影》。如果你在酒會上豎直耳朵,有時候還可以聽到茱蒂說出「隱含狄利克雷分布」(latent Dirichlet allocation)這種專業術語,還講得很溜。雖然馬修繼續在教《尤利西斯》,但他也開了新課來講授我們一起挑選出來的當代暢銷小說。學生會讀到丹·布朗、安東尼·杜爾、吉莉安·弗琳、約翰·葛里遜、蘇·奇德、艾莉絲·希柏德和尼可拉斯·史派克等人的作品。我們都覺得,讓學生閱讀這些最成功的當代作家真的很重要。

我們認為暢銷書量表有潛力改變人類寫作、出版和閱讀小說的方式,也期待它能讓那些經常被低估的暢銷作家得到多一點尊重,並帶給新人作家啟發。但願連最傳統、最保守的人都能得到一些新想法。最後,暢銷書量表呈現出文學研究的嶄新方法,同時也提供了一個新工具,幫助我們領略並欣賞一本好小說可以有多麼精采。

電腦選書：一百本精選小說

電腦推薦的一百本小說

1. 戴夫・艾格斯《揭密風暴》
2. 茱迪・皮考特《家規》
3. 瑪麗亞・桑波《囧媽的極地任務》
4. 麥可・康納利《燃燒的房間》
  （The Burning Room，暫譯）
5. 大衛・鮑爾達奇《暗殺行動》
  （The Hit，暫譯）
6. 派翠西亞・康薇爾《獵殺史卡佩塔》
7. 哈蘭・科本《別找到我》
8. 詹姆斯・派特森《兩個克羅斯》
  （Double Cross，暫譯）
9. 珍妮・伊凡諾維奇《十二點整》
  （Twelve Sharp，暫譯）
10. 威廉・藍迪《捍衛雅各》
11. 湯姆・瑞奇曼《我們不完美》
12. 傑西卡・諾爾《最幸運的女孩》
  （Luckiest Girl Alive，暫譯）
13. 馬修・魁克《派特的幸福劇本》

14. 沃利・蘭姆《初次相信的時候》
（The Hour I First Believed，暫譯）

15. 格蘭・辛溥生《蘿西效應》

16. 麗莎・史考特萊恩《再看一眼》

17. 湯姆・克蘭西《反恐任務》

18. 黎安・莫瑞亞蒂《丈夫的祕密》
（The Husband's Secret，暫譯）

19. 黎曦庭、曾健時《標記》
（The Mark，暫譯）

20. 珍妮佛・韋納《永遠的好朋友》
（Best Friends Forever，暫譯）

21. 艾蜜莉・吉芬《再一次心動》

22. 莉莎・潔諾娃《我想念我自己》

23. 米奇・艾爾邦《來自天堂的第一通電話》

24. 吉莉安・弗琳《控制》

25. 強納森・崔普爾《如果那一天》

26. 納爾遜・迪密爾《野火》
（Wild Fire，暫譯）

27. 凱特・賈克柏《星期五編織社》
（The Friday Night Knitting Club，暫譯）

28. 史蒂芬・金《手機》

29. 芭芭拉・金索佛《飛行行為》
（Flight Behavior，暫譯）

30. 強納森・法蘭岑《自由》

31. 丹・布朗《失落的符號》

32. 克里斯・卡爾佛《神祕的修道院》
（The Abbey，暫譯）

33. 珍・葛林《第二次機會》
（Second Chance，暫譯）

34. 文斯・弗林《最後一個男人》
（The Last Man，暫譯）

35. 約翰・葛里遜《幫凶律師》

36. 奇瑪曼達・恩格茲・阿迪契《美國史跡》
（Americanah，暫譯）

37. 愛瑪・麥可勞夫林、妮可・柯羅斯《豪門保姆日記》
（Emma McLaughlin and Nicola Kraus）

38. 蘿倫・薇絲柏格《穿著 Prada 的惡魔》

39. 麥克・克萊頓《NEXT 危基當前》

40. 希維雅・黛《謎情柯洛斯 III：熾愛》

41. 克莉絲汀・漢娜《最好的妳》

42. 李查德《個人》
（Personal，暫譯）

43. 塔提娜・德羅尼《母親的守密者》

44. 賈桂琳・米察《海洋深處》
（The Deep End of the Ocean，暫譯）

45. 珀拉・霍金斯《列車上的女孩》

46. 愛瑪・唐納修《房間》

47. J. 柯妮・蘇利文《緬因》
（Maine，暫譯）

48. 雷蒙・庫里《梵蒂岡祕寶—獵鷹聖殿》

49. J. K. 羅琳《臨時空缺》

50. 安迪・威爾《火星任務》

51. 查德・哈巴赫《防守的藝術》

52. 強納森・薩佛蘭・佛爾《心靈鑰匙》

53. 潔美・麥奎爾《美麗災難》

54. 艾妮塔・雪佛瑞《證詞》
（Testimony，暫譯）

55. 珍妮佛・伊根《時間裡的癡人》

56. 克蒂絲・希坦菲《我當第一夫人的日子》

57. E. L. 詹姆絲《格雷的五十道陰影》

58. 珍・卡隆《與對的人在安全的地方》
（Somewhere Safe with Somebody Good，暫譯）

59. 諾拉・羅伯特《下一個永遠》

60. 塔娜・法蘭琪《神秘森林》

61. 尼可拉斯・史派克《抉擇》

62. 喬喬・莫伊絲《遇見你之前》

63. 茱利安・巴恩斯《回憶的餘燼》

64. 傑斯・沃特《美麗的廢墟》

65. 克莉絲汀娜・貝克・克蘭《孤兒列車》

66. 艾莉絲・希柏德《蘇西的世界》

67. 丁・昆士《最暗的夜晚》
（The Darkest Evening of the Year，暫譯）

68. 威廉・保羅・楊《十字路口》

69. 唐娜・塔特《金翅雀》

70. 朱諾・狄亞茲《貧民窟宅男的世界末日：奧斯卡・哇
塞短暫奇妙的一生》

71. 艾瑞克・范・勒貝德《神鬼背叛》
（The Bourne Betrayal，暫譯）

72. 珍妮佛・珀絲特《婚姻交易》

73. 希瑟・古登考夫《被囚禁的音符》

74. 泰麗・麥克米倫《當愛已逝》
（A Day Late and a Dollar Short，暫譯）

75. 亞拉文・雅迪嘉《白老虎》

76. 羅勃・蓋布瑞斯《杜鵑的呼喚》

77. 卡勒德・胡賽尼《遠山的回音》

78. 大衛・塞德里《松鼠遇見花栗鼠》

79. 瑪莉・海金斯・克拉克《双生》

80. 莎蓮・哈里斯《南方吸血鬼系列：噬血王子的背叛》

81. 賈斯・史坦《我在雨中等你》

82. A. S. A. 哈莉森《沉默的妻子》

83. 傑米・福特《悲喜邊緣的旅館》

84. 安・泰勒《一團藍線》
　　（A Spool of Blue Thread，暫譯）

85. 丹妮・斯蒂爾《複製人與我》
　　（The Klone and I，暫譯）

86. 約翰・桑福德《易受害者》
　　（Easy Prey，暫譯）

87. 麥克斯・布魯克斯《末日之戰》

88. 伊蓮諾・布朗《莎士比亞三姐妹》

89. 鍾芭・拉希莉《陌生的土地》

90. 亞當・強森《沒有名字的人》

91. 尼古拉斯・埃文斯《會說馬話的人》

92. 大衛・尼克斯《真愛挑日子》

93. 伊麗莎白・斯特勞特《生活是頭安靜的獸》

94. 史迪格・拉森《直搗蜂窩的女孩》

結 語

人類作者
會被電腦取代嗎？

　　好，我們整本書都在講電腦會閱讀，那麼接下來有個合理的問題：電腦會寫作嗎？

　　2013 年 11 月，大流士・卡澤米（Darius Kazemi）在推特上發了一個瘋狂的點子：「嘿，誰想和我一起參加『全國小說生產月』？[14] 花一個月寫程式，讓電腦寫出五萬字的小說，活動結束就公開小說內容和程式碼！」

　　「全國小說生產月」的主辦人就是卡澤米。他自稱是一名「網路藝術家」，擅長寫電腦程式，也就是所謂的「軟體機器人」，以網路上既有的文字為素材，用演算法去創作。他的一個軟體機器人就曾寫過很彆扭的搭訕開場白：「小姐，妳一定是美耐皿，因為妳是樹脂做的塑膠。」「帥哥，你儲存了好多資料，因為你是擁有 1,048,576 位元儲存空間的記憶體。」

　　卡澤米的另一套程式是「比喻產生器」，但它吐出來的短句就像是汽車保險桿貼紙上的胡言亂語，離格言金句還差得遠了。2016 年 1 月 4 日，一個名為 @metaphorminute 的機器人在推特上寫出了幾個好像能得獎的句子，比方說：「土撥鼠是一個滑雪道，花心又老朽。」還有更好玩也更富深意的：「寫傳記的人

14　編註：「全國小說生產月」的原文為 National Novel Generation Month，簡稱 NaNoGenMo。

就像是伸長脖子的人，沒教養但可調查。」絕大多數機器人寫出來的推文都太荒唐，不合邏輯也難以理解。但偶爾，你還是會被某一則機器人寫出來的東西氣到，因為那實在太深奧，你不禁會在那一刻懷疑電腦到底能演化成多麼狡黠調皮。

卡澤米創造這些機器人的目的有兩個，既是找樂子，也是顛覆文藝評論。他的藝術創作惹來笑聲與罵聲，但這些作品其實各有機巧，一方面逗我們開心，一方面又刺激我們去揣測電腦創作的方式，並玩味人工智慧之父圖靈的詭計；他著名的「圖靈測試」就是要測驗我們能否分辨電腦和人類的差別，若錯把電腦當作人類便是電腦的勝利。

但卡澤米的企圖心更強，他想要讓電腦寫出一整本小說，此話一上推特立刻引來許多媒體關注。卡澤米的靈感來自於「全國小說寫作月」，這個挑戰活動每年舉辦，主辦單位是一個提倡「流暢寫作、創意教育、創作樂趣」的非營利組織。「全國小說寫作月」邀請大家花一個月的時間寫出五萬字小說，卡澤米則邀請他的推特粉絲花一個月的時間來訓練電腦創作。

這個想法並不新，早在 1952 年，英國的計算機科學家斯特雷奇（Christopher Strachey）就挑戰過讓電腦寫情書；在那之前他已經寫出過第一個西洋跳棋程式以及第一個音樂演奏程式。透過圖靈的研究，他在「費倫蒂馬克一號」（Ferranti Mark 1）上安裝程式碼，寫出不少情書。寫作的方式是從程式清單上隨機抽出問候語、名詞、動詞和其他文字，再依照不同的文法結構造句。這些情感豐沛的信件通常都很短、很到位。這套軟體直到現在都還可

以在網路上找到，而它寫給我們的情書使用了打字機字型而且每個字都大寫：

蜜糖鴨鴨：

　　我珍貴的愛情為妳的渴望挑逗地喘息著。我的魅力灼熱地乞求妳珍貴的熱情。妳是我珍貴的同袍情誼，是讓我無法呼吸的熱情，讓我燃燒不斷的熱情。

　　　　　　　　　　　　　　　　　　焦急的
　　　　　　　　　　　　　　　　　　曼大電

　　這是多麼劃時代的挑逗！當代言情天后希維雅・黛看到謎樣人物「曼大電」的這封情書，應該不會覺得自己的地位受到威脅吧。（順帶說明一下，曼大電就是「曼徹斯特大學電腦」的縮寫。）但這其實不是實驗重點。重要的是，寫出這封情書的「費倫蒂馬克一號」是第一部商業化量產電腦，過去多用來處理複雜的數學運算。斯特雷奇的情書當然不如莎士比亞雋永，也不是為了要創造出異想天開、惹人發噱的作品，而是要研究電腦到底能否處理感受與情緒。正是因為要探究人工智慧的極限，讓電腦寫小說的想法才顯得有趣。

　　致力開發人工智慧的雷・庫茲威爾（Ray Kurzweil）在擔任Google 工程總監時預測，電腦將在 2029 年超越人類智慧，就連天才也敵不過。若要實踐這則預言，電腦不但要懂得推理，也要

能表達情緒和創意。當然，這就表示電腦要會寫作。

　　你應該會很訝異，我們平常所看到的運動新聞或財經報導可能是電腦寫的。「Narrative Science」這間公司的首席科學家暨共同創辦人克里斯・哈蒙德（Kris Hammon）表示，他的團隊正在讓電腦更接近人類，並給予電腦各種工具，讓它知道該怎麼說故事。他說：「Narrative Science 的電腦每天都會替富比士提供市場快訊，也會為十大聯盟運動聯播網提供體育報導；另一間公司『Automated Insights』則為美聯社提供股市報告。」哈蒙德甚至指出，他的電腦已經懂得要服務讀者，能夠針對不同讀者的喜好調整敘事方式。

　　但寫小說又是另外一回事了。在我們看來，「電腦產生的文字」和所謂「電腦創作的文字」之間有一道真實且重要的鴻溝。在電腦能寫出暢銷的原創愛情故事之前，我們都不能斷言電腦已經懂得文字創作。

　　為什麼？

　　嗯，要電腦以愛情為題創作並感動讀者，和要電腦在短時間內根據事實寫出新聞報導，是完全不同的兩件事。我們在討論人類與機器的關係時，最吊人味口的話題莫過於人類的「愛」，或者更準確地說，是「人與人的情感連結」，這也是我們在第二章提到過最重要的暢銷小說題材。斯特雷奇在 1952 年選擇用情書來做實驗，可能就是為了這個原因。

　　很多人都記得菲利普・狄克在 1968 年的短篇小說《仿生人會夢見電子羊嗎？》以及 1982 年的改編電影《銀翼殺手》。這篇

小說能夠成為非主流當中的經典，並不單只是因為故事裡有人類也有生化人，而是因為它觸及了一些更深刻的問題：擬人的生化人真的可以超越人類嗎？他們將如何互動？在這篇小說裡，生化人可以完成人類的所有工作，但很詭異，他們就是無法表現出人性。在狄克的這部科幻作品中，自然人類與程式人類的終極差異就在於同理心。這個故事看似在講述人類與機器的界線面臨瓦解的威脅，但它其實重申了一個道理，那就是人類複雜的情感和精神是工廠生產線無法製造出來的東西。愛的最高表現就是同理心和體諒，這是人性的祕密配方。

史派克・瓊斯在 2013 年的電影《雲端情人》讓這個概念再往上提升。主角西奧多的工作是替客戶寫出感人肺腑的信件，但他卻愛上了新的電腦作業系統莎曼珊，這個系統先進到可以模仿人類戀愛時的表達方式。而這段情節令人著迷之處，就在於利用戲劇來表現電腦談戀愛的可能。不過，到最後電腦決定和西奧多分手，以繼續探索她的存在，並在不同的時空中加速學習。

或許，《雲端情人》的分手和《揭密風暴》的暗示若合符節。作家要給我們的啟示應該是，電腦會自己不斷不斷地進化下去，而在晶片的祭壇上，人類深層的感情就是祭品。儘管對西奧多來說，電腦女友麻木不仁地說走就走的確讓他很難受，可是這場虛擬愛情的結束，卻讓他回頭寫出了自己最真摯的文字；這一次，他不再是為別人寫信，而是首度用自己的名字寫信給前妻。我們的解讀是，《雲端情人》與《銀翼殺手》展現了人類與機器最根本的差異，也捍衛了人性的價值。

　　和我們分析暢銷小說的情況一樣,「人與人的情感連結」在人工智慧和電腦寫作的相關實驗中,也是相當吸引研究人員的課題,不過此課題也顯示出了這些實驗的缺陷。一般公認,第一本由電腦演算法寫出來的小說是《真愛》(True Love,暫譯),完成於2008 年,比卡澤米在推特上呼朋引伴更早。這本小說出自於一群俄國工程師,他們把托爾斯泰的《安娜‧卡列尼娜》和另外十七本俄國現代小說,以及一本村上春樹的俄文譯本,一起匯入電腦。小說裡的人名都取自《安娜‧卡列尼娜》,而小說的文風和節奏都以村上春樹為藍本。

　　在托爾斯泰與村上春樹的潛移默化下,這本演算法小說裡的一些句子還算及格。描寫景物的句子像這樣:

　　　　西沉的夕陽把雲朵的肚子漆成粉紅色,低低地掛在灰色海面上。白雲籠罩山頂,他一整天都以為會有雷雨,但顯然不會下了。

描述人物內心想法的句子則是:

　　　　凱蒂久久無法入眠。她的神經繃得緊緊,就像拉緊的弦一樣。弗龍斯基給她喝了一杯溫熱的酒,結果也無濟於事。她躺在床上,滿腦子都是草原上那可怕的一幕。

　　許多編輯看到用琴弦來比喻神經可能就會把稿子丟了，但其實我們看過人類作家寫出更爛的句子。重點是機器竟然懂得用比喻，而且形容詞和名詞的搭配也沒有出錯。在曼大電的情詩裡，「妳是我最珍貴的同袍情誼」簡直搞笑，但是在這裡「溫熱的酒」行得通，「可怕的一幕」也合理。這絕對是一種進步。然而，閱讀這本小說卻一點也不享受。每個人物說話的方法都一樣，句型也一樣，可見要用程式來創造不同人物的不同思維真的很難。

　　這本小說在俄國出版之後相當轟動，因為電腦寫書簡直是劃時代的創新。書評笑稱編輯以後不必再為作者拖稿所苦，也不必擔心作者意外懷孕或酗酒過量導致合約得重擬。但是談到這本小說的內容，書評就沒那麼篤定了。如果要做一個公平的比較，我們就一定得明白，曼大電的情書和前面引述的小說段落之所以會有那麼大的落差，其實是和哪些作家的作品被匯入電腦有關，而不是電腦自身的創意和情緒有了長足的進步。像這樣的電腦小說永遠只是贗品，儘管仿造得再巧妙，或是從不同作家混搭出了趣味，贗品究竟不是創作，回收再生也不是創作。

　　卡澤米還有一個程式叫做「內容永恆」，使用者可以先輸入一個主題關鍵字當起頭，例如愛情或死亡。程式會在《維基百科》裡搜尋這個字，並從搜尋結果最前面的幾個段落抓取文字，再從這些段落裡的連結連到其他網頁。之後電腦會從這些新網頁裡再擷取更多文字，最後用機器的「意識」重新組句。

　　前衛的達達主義藝術家也於 1920 年代跟上這股風潮，後來

被垮世代小說家威廉‧布洛斯在 1950 年代發展為「切割手法」（cut-up technique）。之所以叫做「切割」就是因為方法很簡單，他先把報紙和其他書籍印出來，一個字一個字剪下，並重新編排，通常不太管語意。當奇怪的單詞組合在一起，便會產生獨特的意義和效果。這個技法現在也應用於電影、音樂和演講的影片。大衛‧鮑伊、麥可‧史戴普，以及電台司令主唱湯姆‧約克都曾用這個方法創作歌詞。

　　所以，不論是內容素材還是「切割」的創作形式，電腦程式寫出來的小說都不能算是原創，而且我們也不太相信這些東西能非常扣人心弦。小說家都經過訓練，擅長寫他們熟悉的題材，他們從生命經驗中汲取靈感，並帶著意識寫作。如果靈感的來源是維基百科，那電腦或許還可以寫出參考書或工具書；但若要電腦寫出引人入勝的小說，那它得把人類的內在精神到外在生活環境全部摸透，這點電腦還是不行。

　　尼克‧蒙弗特（Nick Montfort）在 2013 年參加「全國小說生產月」的時候用電腦寫出了《世界鐘》（World Clock，暫譯），而且只用了 165 行的 Python 程式碼，還被哈佛書店出版成書。不過和其他例子一樣，這本小說從程式碼到文字段落都再再顯示，電腦只能像裝配工廠一樣反覆組裝每一個句子和段落，段落之間的格式相同，但內容各異。《世界鐘》的每一段都由三句話組成，每段第一句的開頭都是「It is」（這是），第二句是「In some」（有些），第三句則是用代名詞「He」（他）或「She」（她）起頭。這樣的說故事手法顯然完全不是任何暢銷作家的對手，就連二流作家

也沒在怕。這本小說大概和最無聊的高中生八股文一樣精采，不過會看《世界鐘》的人多半也不是為了故事的精采程度。

那這個現象到底要怎麼看待？《世界鐘》的吸引力最終還是來自它是電腦寫的。現階段大家對電腦寫作感興趣都是因為新鮮感和娛樂性，而不是因為這是小說創作的未來。電腦寫作很搞笑，因為這些隨機產生的句子實在荒誕。如果我們要從電腦寫出來的故事中獲得任何抽象的意義或真理，那應該就是：在這個科技過度飽和的世界裡，實在很缺乏真誠和意義。總之，我們的態度比較謹慎，先別給電腦寫的小說太高的評價。

在科技過度飽和的文化裡，小說家的工作並不是創造滑稽荒誕的作品，而是理解並揭開生命在這個喧囂世界裡的意義，而這正是小說藝術的一部分。如果有一天電腦真的比人腦聰明了，而所謂聰明便是看腦袋裡累積了多少數據與事實、並且機械式地記誦──但這是「書獃子」的聰明，你靠這些技能是沒辦法寫小說的，因為小說家的優秀之處在於創意與批判思考。用電腦寫作來代替傳統的小說創作，只有在不成章節的小紙片上才值得一哂，而其實電腦寫作最適合的型態正是如此──創造出一些令人發噱的隻字片語。

因為我們用演算法來研究小說，所以很多人經常問我們有沒有興趣用電腦寫一部小說。大家會這樣好奇也很合理，我們既然都整理出暢銷小說的共同模式了，如果工程師能獲得這些數據與資料，他們能不能做出些什麼？我們訓練電腦去偵測並衡量數千種影響小說銷量的要素，結果預測準確值高達八成。把這些資

料都拿去開發新的程式碼，用這些變數去寫小說的想法感覺很誘人。

　　儘管用這種方法寫出來的小說應該會比其他電腦創作的小說更吸引人，但我們沒興趣。因為，不管是用真實小說家的文字切割組裝（例如《真愛》），或是從社群網站的文字去生產小說（例如卡澤米的書），還是由工程師向電腦分享真實生活體驗之後再讓電腦創作，這些作品讀起來真的一點創意都沒有。我們寧願坐下來，拿出紙筆，好好用我們的研究心得來寫小說。

電腦預測暢銷書
的基本原理

　　警告先說在前，這段後記就像是一座便橋，是橫跨山溝架起來的一片木板，帶大家從虛構故事的世界通往文字探勘的領域。底下的內容並不是為計算機科學家而寫，也不是為大學教授或出版社裡的工程師而寫。這裡不會提供小說情感分析的程式碼，也不會一步一步教你在家寫出暢銷書量表。對寫程式有興趣的人可以找到很多相關的教科書和論文，在那裡學到電腦文本分析的入門和進階方法。同樣道理，本書最後這幾頁也不是為小說迷或新秀小說家而寫。我們在這裡會提供幾個電腦分析結果的例子，也會用淺顯易懂的方式來聊聊「斷句」、「機器學習」和「命名實體辨識」這些東西。我們的目標很簡單，就是用白話來介紹這本書背後的研究方法。

　　要解釋電腦如何預測暢銷書，就一定會講到「文字探勘」和「機器學習」，它們構成了預測過程的兩大步驟。這兩個關鍵詞經常被大家交替使用，它們的程序也常互相依賴。文字探勘有時候會需要利用機器學習，而機器學習則需要匯入探勘出來的寫作特徵。

　　在底下的說明中我們會將兩者做出明確區分，各自採取狹義的解釋。「文字探勘」是指我們從小說文本中發現、並擷取特徵的過程，這是「第一步驟」；「機器學習」則是指根據特徵來加以運算並做出預測的過程，這是「第二步驟」。把這兩個步驟鍛鍊到極致，到最後選出《揭密風暴》做為暢銷指數滿分的書，就

足足花了我們四年的時間，動用了數千部電腦。

文字探勘

　　電腦學習閱讀的方法很多，各種關於電腦如何閱讀的細節都屬於「自然語言處理」（natural language processing, NLP）的研究領域。這個領域的學者開發出許多功能強大的程式，能從書寫文字裡探勘出資訊。自然語言處理的基本工作包括了「斷字」、「認句」、「詞性標記」和「依存句法分析」，每一項都是挑戰，雖然「基本」卻一點也不「簡單」。本書背後的研究計畫，就是以所有這些工作為核心。

　　簡單來說，「斷字」就是教電腦辨識一個單字從何開始、從何結束。你可能會覺得這很簡單，就是用空白鍵區分英文單字啊，通常都是這樣沒錯。但文字探勘不能仰賴「通常」，因為總會有一些情況特別難判斷。就用前面這句話為例吧，它的英文是：

　　But "often" is not good enough in text mining: there are always those difficult edge cases to address.

　　緊接在單字「mining」後面的是冒號，冒號後面才是空白鍵，所以我們不能訓練電腦只用空白鍵來斷字。電腦必須知道

「mining」是一個英文字，冒號是一個標點符號。

再來看看像「doesn't」這樣的字，它是「does not」的縮寫，所以這算是一個字還是兩個字？如果是一個字，那電腦就不能把縮寫的一撇當成標點，而是要把它當成一個字母來處理。那「can't」和所有格「Robert's」呢？這些變化要電腦判斷實在有點難度，畢竟人腦都未必會判斷了。我們曾經問學生「can't」是一個字或兩個字，結果一半的學生說一個字，一半說兩個字，因為他們知道「can't」是「can not」的縮寫。

英文裡還有很多複合字，有時候寫成兩個字，有時候連在一起變成一個字，還有時候兩個字用連字號接在一起。我們在寫這本書的時候就為了「bestseller」（暢銷書）的寫法討論過至少五次，應該是「bestseller」還是「best-seller」？要講一本書很暢銷應該是用「best sell」還是「best-sell」？這樣想來，縮寫和複合字就像是薛丁格的貓，同時存在兩種不同狀態。

所以，斷字表面上看起來簡單，但實際上深入瞭解語言和文法的使用後就複雜多了。面對這些問題，研究人員為斷字寫了不同版本的程式，列出不同的選擇來讓電腦處理縮寫和大寫。我們在研究當代暢銷小說的時候，就必須要面對這些選擇。到最後，針對不同目的，我們對於「如何定義一個英文字」都會做出不同的決定。

舉例來說，我們在第四章分析風格時便做了一個決定，就是不要區分大小寫，所以「The」和「the」就會被電腦當成同一個字。但我們其實也可以做另一種選擇，要求電腦把它們區分開

來，這樣有可能會讓我們得到其他有用的資訊。英文小說裡的「The」幾乎都出現在句子開頭的第一個字，而我們在第五章也看到了「The」對書名的強力影響，那會不會暢銷小說家其實比較常用「The」來開始一個句子？如果我們不去區分大小寫，有可能就少發現了一種暢銷小說的模式。

對電腦來說，要判斷句子的開頭和結尾也滿難的。句子的結尾通常是句點、問號或驚嘆號，而開頭通常是大寫字母。在大部分的情況下，我們的電腦可以用這兩條規則來區分斷句。我們可以在程式裡面寫：

> 從第一個字開始掃描，看到句點、問號或驚嘆號就停下來。如果句點、問號或驚嘆號的下一個字是大寫字母開頭，那就是一個新的句子。

但是，這條規則碰到下面這一句該怎麼辦：

> I was surprised to hear that Dr. Archer was writing a novel.

這下好了，這句話中間在「Dr」後面有一個「句點」，而且句點後面跟著「Archer」的大寫字母「A」。電腦若依照我們剛剛寫下的那條規則，就會誤以為這是兩個句子。像這種縮寫造成

的問題很多，所以不能教電腦每次遇到句點後面有大寫字母就把它當成是一個新句子，我們得增加額外的規則來處理縮寫。除此之外還有其他複雜的狀況，我們來看看以下帶引號的段落：

After a long day spent training the machine to read bestsellers, Matt called Jodie and said, "Dialog will be the death of me." Jodie offered solace in the form of Scotch whisky.

在這個例子裡，結束句子的句點是放在引號裡面。要應付這種狀況，我們得再給電腦加一條特殊規則來辨識引號。但我們發現這個例外只適用於美國和加拿大的英文，而英國和澳洲的英文則習慣把句點放在引號外面。因為語言是活的，所以你可以想像我們要增加多少規則去處理這些文法的例外。到這裡，你應該有概念了吧，就連判斷句子結束了沒這麼簡單的事情都很複雜。

因此，許多自然語言處理或文字探勘的工作，都不再用建立規則的方式來做「語法分析」（這是將句子拆解成多個單元的專業術語），而是改採「統計推論」的方法。這樣一來，我們就不必預先設想各種文字書寫的可能性，然後寫出一大堆程式來應付各種例外。統計方法的基本精神就是去瞭解語言背後的潛規則，讓機器從真實世界的大量範例去學習各種語言結構和組合的可能性。

比方說，「詞性自動標記」（automated part of speech tagging）就是

一種運用統計推論的方法。我們在第二章介紹過我們如何研究小說裡的名詞，藉以抓出其中所涉及的題材。因此，在利用主題模型演算法來分析小說之前，我們必須先教電腦辨認名詞。

就拿「hope」(希望)這個單字來說，它可以是名詞：

He held out hope that she would buy the book herself.

他抱持著希望，她會自己去買這本書。

也可以是動詞：

She hoped he would buy her the book.

她希望他買這本書送她。

還可以是專有名詞，例如人名：

Hope told him to buy the book himself.

霍普叫他自己去買這本書。

先進的詞性標記可以確實分辨哪些單字是動詞、哪些是名詞，諸如此類；訓練電腦的目的就是要把各種詞性區分清處。電腦會閱讀完整句子的上下文，然後根據脈絡與單字的位置推斷出

每個字的詞性。

　　我們對以上文句進行詞性標記之後，得到了這樣的結果：[15]

He/PRP held/VBD out/RP hope/NN that/IN she/PRP
would/MD buy/VB the/DT book/NN herself/PRP ./.
She/PRP hoped/VBD he/PRP would/MD buy/VB her/
PRP the/DT book/NN ./.
Hope/NNP told/VBD him/PRP to/TO buy/VB the/DT
book/NN himself/PRP ./.

　　分析結果裡的斜線後面是詞性。我們可以看到，電腦把第一
句話裡的「hope」正確解讀為名詞，第二句是動詞，第三句則是
專有名詞。

　　文本經過標記之後，我們就可以寫程式來擷取那些被標記為
名詞的字詞。在整理出所有的名詞之後，就可以訓練電腦辨認題
材。

　　研究人員訓練電腦程式推論詞性的方法很多，大部分都是先
匯入人類註解過的句子。文法專家花了無數時間判斷文句，然後
這些經過專家標註的例句就是機器的「教材」。根據教材，電腦

15　如果你想自己玩玩看，史丹佛大學的自然語言處理小組有一套線上工具：
http://nlp.stanford.edu:8080/parser/index.jsp

會建立一個統計模型，計算出各種單字組合的機率。譬如，機器可能會發現定冠詞「the」後面有 55% 的機率會接名詞，40% 的機率接形容詞，5% 接數字。你可能會想，電腦對詞性的標記是否仍不夠完美，但其實它的準確度已經極高，高到不少研究人員認為用電腦來標記詞性「已經不是問題」。當然有些人還是持反對意見，但這類辯論已經不多了。史丹佛大學詞性標記工具的準確度介於 97%～100%，已經足夠處理多數文本，包括我們的暢銷小說研究。

我們在研究過程中還使用了「命名實體辨識技術」（named entity recognition, NER）。在小說裡有名字的實體可能是人物、地方或組織，像是莎蘭德、紐約市或微軟。在這些實體辨識出來之後，我們就可以問電腦許多問題，比方說，故事發生的地點會不會影響小說上榜的機率？我們就曾經問過這一題，結果發現故事發生在城市或荒野確實會影響小說暢不暢銷，但故事到底發生在哪一座城市則沒有關係，無論是在紐約市還是斯德哥爾摩，暢銷機率都是一樣的。

我們在第五章就利用了「命名實體辨識」來理解小說人物，以及男女人物分別催化了什麼劇情。但其實「依存句法分析」（dependency parsing）對我們的人物研究更形重要，可以分析句子裡的文法結構並標示不同文法單元之間的關係。這套方法可以判斷哪些單字會形成片語，以及哪些字是句子裡的主詞、受詞或動詞。像前面提過的「詞性自動標記」一樣，「依存句法分析」也是根據人類專家已經標註過的例句來推論新句的文法結構。在第

五章我們研究過男女小說人物所使用的動詞，以瞭解它們如何催化劇情發展。我們來看《揭密風暴》裡的句子：

Mae knew Renata was watching her, and she knew her face was betraying something like horror.
梅兒知道蕾娜塔正在看她，她知道她假裝不害怕，但是表情露餡了。

分析依存句法之後我們會得到這個結果：

nsubj(knew-2, Mae-1)
root(ROOT-0, knew-2)
nsubj(watching-5, Renata-3)
aux(watching-5, was-4)
ccomp(knew-2, watching-5)
dobj(watching-5, her-6)
cc(knew-2, and-8)
nsubj(knew-10, she-9)
conj(knew-2, knew-10)
nmod:poss(face-12, her-11)
nsubj(betraying-14, face-12)
aux(betraying-14, was-13)

```
ccomp(knew-10, betraying-14)
dobj(betraying-14, something-15)
case(horror-17, like-16)
nmod(betraying-14, horror-17)
```

　　這份分析結果的第一行表示主詞「Mae」和主要動詞「knew」的關係。每個單字旁邊的數字則代表這個單字在句子裡出現的位置：「Mae」是第一個字，「knew」是第二個字，「Renata」是第三個字，依此類推。注意一下這套分析方法還辨識出了另一個人物「Renata」和動詞片語「was watching」的關係，以及代名詞「she」和另一個動詞「knew」的關係。

　　我們將「依存句法分析」的結果，和「命名實體辨識」抓出來的小說人名做結合，便可以研究不同人物和不同動詞之間的關係。以這個句子來說，電腦就告訴我們：梅兒「知道」而另一個人物蕾娜塔「正在看她」。

　　在我們的研究裡，「依存句法分析」是最需要電腦運算的自然語言處理工程，光是一本小說就有可能要花上十五個小時，而我們要分析的小說有數千本之多。在分析出依存句法之後，我們還要對結果加以處理才能擷取出關鍵的「主詞與動詞」關係。這過程實在太費力，我們得動用一千部電腦才能同時處理一千本小說。

　　對電腦來說，我們在第三章利用表達情緒的語言來繪製情緒曲線可能是最簡單的一件工作。在自然語言處理的領域裡，「情

感分析」的研究人員已經開發出許多不同的方法來研究情緒語言，其中最複雜的方法就是統計推論，這和之前在「詞性標記」與「依存句法分析」所使用到的統計推論是同一個原理。這些方法目前常被用來分析顧客評價，或推斷電子郵件等各種文件裡的情緒。我們也曾經拿這些較為複雜精密的方法來測試，但面對小說這種虛構情節的文本，我們發現簡單的方法其實效果更好。

　　我們覺得最有效的方法，就是運用幾套內含情緒字彙的特殊詞庫。這些所謂的「情感辭典」其實就是不同的單字列表，只是每個字都被打上了正號、負號或一個分數。舉例來說，「愛」就是非常正面的情緒單字，「恨」就很負面。我們訓練電腦在讀小說的時候一次讀一個字，同時確認這個字有沒有出現在任何一部情感辭典裡，然後據此幫每個句子計算總分。我們分析完每一句是屬於正面或負面情緒，便可以得到第三章裡面的情緒曲線。

　　我們來看看《揭密風暴》裡埃蒙說的這句話：「我愛妳，就如青草愛甘露，如鳥兒愛枝椏。」演算法就認為它的情緒很正面。而本書裡的另一幕是安妮發現她的祖先曾經蓄奴：「我是說，你知道這團混亂正在摧毀我的家庭嗎？」不意外，演算法把這句話標為負面情緒。這些正面或負面情緒句子的出現頻率讓我們看到主角的命運，還有目前情節的走向。

　　我們目前討論到的所有文字探勘工作，都是在發掘並擷取寫作特徵。只要能判斷出英文單字，就可以計算它們出現的頻率；只要能判斷出句子的開頭與結尾，就可以計算句子的平均長度還有對白與敘事句的比例；只要能標記詞性，就可以比較不同作者

如何使用名詞、動詞和形容詞，也可以開始尋找特定作者的獨特模式。我們還可以把擷取出來的名詞匯入主題模型演算法（如第二章所述），而依存句法分析的結果讓我們能夠檢視句子的組成方式，瞭解作者如何安排主詞和動詞的關係。

這些電腦工程其實都只是準備階段，算是辨識寫作特徵的前置作業。但我們必須要先窮盡方法來擷取寫作特徵，之後才能用這些分析結果來預測小說是否會暢銷，而打造暢銷書量表的第二個步驟就是「機器分類」（machine classification）。

機器分類

機器學習的重點是，細究文字探勘階段裡篩選出來的各種寫作特徵。研究初期，我們篩出了 28,000 種寫作特徵，透過機器學習與分類的實驗，我們的目標是找出哪些寫作特徵可以判斷出一本小說能不能暢銷。最後，我們去蕪存菁到只剩下 2,799 種具備預測能力的寫作特徵。我們拋棄了「紐約市」和「斯德哥爾摩」，也放棄了「1984」和「1,000,000」這種數字。但我們發現涉及「人與人的情感連結」的題材很容易暢銷（見第二章），還有「need」（需要）與「want」（想要）這類動詞（見第五章），以及「I'm」和「couldn't」等縮寫（見第四章）都是暢銷小說裡常見的寫作特徵。因為有機器分類演算法，我們才會注意到這些重要的寫作特徵。

把機器分類的基本概念用來研究暢銷小說並不難理解。我

們先假設整個書本世界非黑即白，只有兩種書，即《紐約時報》暢銷書與榜上無名的冷門書，然後再去探勘暢銷書和冷門書的各種寫作特徵。我們的第一個任務就是去比較這兩類書籍的寫作特徵，看看哪些差異是顯著的。如果某一個特徵在兩者間的差異很明顯，例如暢銷小說裡出現「and」的頻率高了一倍，但是「very」和「passion」的使用率則不高，我們就可以考慮用這些寫作特徵來做預測。這些簡單字詞的使用對讀者來說或許沒有太大意義，但是當我們把這些單字和文法的資訊匯集成題材和情緒曲線，就可以看到意義深遠、威力強大的數據。

在進行研究的時候，我們使用了三種不同的機器分類方法。這些演算法會根據每本小說的寫作特徵，幫它在「特徵空間」裡找到一個對應的位置。我們輸入的特徵有多少（前述提到總共有2,799種），這個空間的維度就有多大；換句話說，特徵空間的維度大得驚人，沒辦法繪製也超越了人腦的想像。為了方便圖表呈現，我們在這裡就假設暢銷書量表只看兩種特徵：「人與人的情感連結」這個題材以及「very」（很）這個字。電腦模型測量了每本小說描寫「情感連結」的程度，和使用「very」的頻率。根據這兩個數值，我們就可以在一個二度空間裡標示出每本小說的位置，「圖18」的每一個點都代表了一本小說。

當你在看這張圖表時，會發現大部分的暢銷小說都集中在右下角，表示暢銷小說會花較多篇幅著墨在「人與人的情感連結」（橫軸），並較少用到「very」這個字（縱軸）。如果你有認真閱讀本書，在看完關於題材與風格的章節後應該就已經知道這

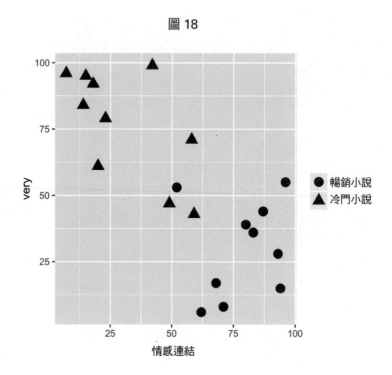

圖 18

個結論了。你可能記得我們說暢銷書比較常用「really」而不是
「very」，我們認為這和當代語域和語態有關。圖表左上方集合了
很多三角形，這你大概也不意外，這些不暢銷的小說「很」這樣
又「很」那樣，但是書裡對於情感連結的刻畫就是很不動人。

我們使用的第一種分類法是「最近鄰居法」（K Nearest
Neighbors），簡稱 KNN，其中「K」是指鄰居的數量，而研究人員
可以自訂合適的 K 值。採用這種方法需要先把每本書在「特徵

圖 19

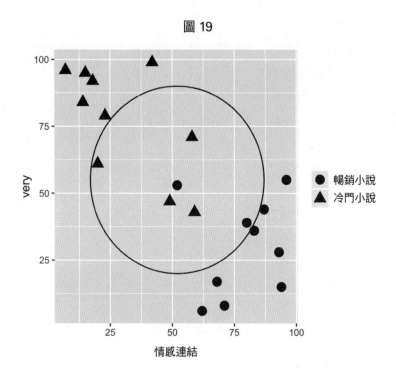

空間」裡的位置標出來。假設我們把 K 值設定在五，演算法就
會去搜尋每本書在空間裡和它最接近的五本書（即圖表上和它最接近
的五個鄰居）。如果這五本書都是暢銷書，那電腦就會推測這本書
也是暢銷書，因為鄰近的書都具備了容易登榜的特質。這是一種
「物以類聚」的判斷方式。請注意，圖中有一本暢銷書較為靠近
左上角的冷門書聚落。在這種情況下，演算法會誤判這本書為冷
門書，因為它的五個鄰居裡有四個都是冷門書，請看「圖 19」

裡的圓圈。

在這張示意圖裡，除了正中央的暢銷書之外，其他暢銷書都會因為鄰居很暢銷所以被電腦正確分類為暢銷書。但有一本冷門書很接近右下角的暢銷書聚落，很可能會被電腦誤判，因為它的五個鄰居裡有三本暢銷書和兩本冷門書。這種錯誤也說明了為什麼我們的預測準確度平均為八成。

我們使用的另外兩種演算法比 KNN 更複雜一點。其中一種叫做「支持向量機」（support vector machines），簡稱 SVM；另一種則是「縮小重心演算法」（Nearest Shrunken Centroids），簡稱 NSC。後者原先是用來判讀基因表現的數據並替癌症分類，後來應用方式逐漸多元，也可用於我們的研究。

和 KNN 一樣，SVM 也需要先在特徵空間裡把每本書的位置標出來，然後再用演算法去計算暢銷書聚落和冷門書聚落之間的界線，如「圖 20」所示：[16]

當我們在特徵空間裡標出一本新書的位置，電腦就會根據這本書落在界線的哪一側來判斷它會不會暢銷。

NSC 和前兩種方法的概念也相近，同樣是先在特徵空間裡標出每一本書的位置，然後分別計算出所有暢銷書及冷門書的數學重心，最後再利用一個門檻參數來縮小這兩個「重心」之間的

16　為了讓讀者能明顯看出暢銷書與冷門書的界線差距，我們調整了小說在座標上的定位，藉此移動了剛好落在界線上的小說。

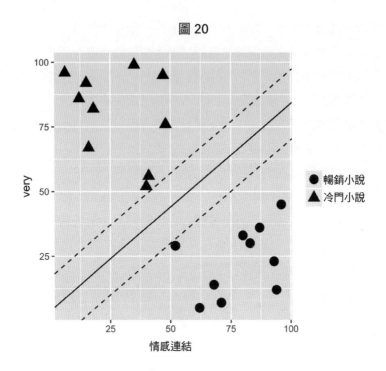

圖 20

距離。一本新書能否暢銷就看它和縮小距離後的哪一個重心比較
接近。

在我們採用 2,799 種寫作特徵來建立多維度空間後，KNN
的表現最好，預測準確度高達 90%；SVM 的表現最差，準確度
僅 70%。至於 NSC 則介於兩者之間，準確度有 79%，但是它比
KNN 更適合用來詮釋分析結果；NSC 提供了許多有用數據，讓
我們知道哪些寫作特徵最能幫助電腦區分暢銷書和冷門書。整體

　　來說，三種方法的平均準確度可達 80%，而我們便是將這三種方法混搭，以計算我們研究書目裡每一本書的暢銷指數。

　　到這裡，你應該很好奇我們怎麼發展出百分比的暢銷指數吧。我們先列出暢銷書和冷門書，有了這兩份書單，我們就可以開始研究預測的方法。我們先從整份研究書目當中隨機挑選出一份書單來訓練電腦，電腦便以這份書單做為學習樣本，從中找出暢銷書和冷門書在寫作特徵上的差異。然後我們再要求電腦利用這些資訊去幫學習樣本之外的書做預測，去判斷每本書有沒有上過暢銷榜。請注意，針對學習樣本之外的書單，電腦就只有未經標記的書稿而已，其他什麼資料都沒有。再接下來我們會拿電腦的預測去和真實的銷售記錄比對，這個過程稱為「交叉驗證」（cross-validation）；正因為我們有做交叉驗證所以才會對研究成果如此充滿信心。

　　我們在驗證的過程中使用了兩種方法，第一種稱為「十折交叉驗證法」（10-fold cross-validation）。電腦會先從研究書目當中隨機挑出 10% 的暢銷書和 10% 的冷門書，然後用剩下的書當學習樣本訓練電腦，最後再拿一開始挑出來的書去測試電腦的預測能力。我們一遍又一遍重複這個隨機挑書和建立模型的過程，每次驗證完都要記錄電腦預測的準確度，並計算每次訓練過程的平均準確度。

　　第二種交叉驗證的方法稱為「留一驗證法」（hold one out），顧名思義，我們一次只抽掉一本書，然後用剩下的書去建立模型，再把抽掉的書交還給電腦做預測，每次預測的結果都記錄下來。

我們不斷重複這個過程，每次抽掉不同的書，直到每本書都被抽掉過。這個程序很周密也很複雜，實際上建立模型和測試的過程要比這裡的簡述更嚴謹。

舉例來說，我們研究書目裡的冷門書遠比暢銷書多，所以我們設計了兩種實驗。其中一種是要讓訓練書目裡的暢銷書和冷門書，數量上更為「平衡」。在這些「平衡組」的實驗裡，電腦模型會從所有的冷門書當中隨機挑選，好讓冷門書的數量和暢銷書一樣。這樣做可以確保電腦在接受訓練的過程中，遇到冷門書和暢銷書的機率都是一半一半。

除了設計一連串實驗來控制訓練書目中冷門書和暢銷書的比例，我們還有另一個步驟是「作者控制」，用來確保那些產量龐大的作者不會因此太占優勢。每當我們進行「留一驗證」的測試，在隨機抽掉一本書之後，都會確保這位作者的其他書也不會出現在訓練書目裡。如果不執行這個步驟，那麼葛里遜、派特森和斯蒂爾這些量產作家勢必會占盡優勢。但是在我們的研究裡，他們的立足點和其他作家是一樣的。

多年前，我們兩位作者剛開始訓練電腦讀書的時候，曾經測試了茱蒂的假說。她認為光從書稿就可以判斷一本小說能不能暢銷，所以我們分析了數千本 2010 年之前出版的小說。我們希望電腦模型可以準確預測，排除掉奇怪的特例，並提供人類也能理解的數據讓出版專業人士參考。

第一套模型的研究結果就已經讓我們很佩服了，後來我們

又觀察了書市好幾年。我們訓練的第一套模型沒有讀過《格雷的五十道陰影》和《控制》，而我們得搞清楚它能不能預測這幾本書的成功。當然，如果你看過第三章和第五章，就知道我們的電腦預測出來了，而且我們也從預測結果學到更多關於情節和人物的道理。

　　每當有像 E. L. 詹姆絲這樣的暢銷作家冒出頭，或是有新的普立茲獎得主出現，我們就會繼續訓練並更新電腦模型。但就現階段來說，這樣做或許是為了滿足我們兩位作者的個人興趣，而不是為了加強演算法的能力。過去這幾年，我們也會很焦急地一直把新趨勢納入電腦模型，像是最新流行、文學風格的變化等。當然，這麼做也是研究人員的責任就是了。只不過電腦在面對這些所謂的「重大變化」時一直都很冷靜，這讓我們一開始很震驚，但現在反倒覺得欣喜。我們原本以為，電腦可能預測不出性愛充斥的《格雷》會暢銷，或是因為女主角類型不同所以無法預測《龍紋身的女孩》能暢銷，但其實電腦都成功判斷出來了。

　　有些小說的成功被市場當成「僥倖」，像是《格雷》或自費出版的基督教小說《小屋》。但這兩本書經過電腦判斷之後，暢銷指數都高達 90% 以上，不禁讓我們去思考這些故事真的有那麼「新」嗎？本書的研究計畫讓我們不再那麼擔心新的流行趨勢和時代精神，反而更加確認了一個古老的真理：其實故事說來說去都是那幾套，只是在不同作家手中可以重新變化，推陳出新。

　　這種表面上創新的小說曾經讓市場大吃一驚，未來也將持續驚豔書市，但電腦卻已經參透了其中道理。席捲媒體注意力的新

題材或新人物，只不過占了小說暢銷基因的一小部分。電腦模型抽絲剝繭地分析《格雷》便證實了：BDSM 確實是《紐約時報》暢銷書榜上沒見過的題材，但這本書的其他元素卻一點也不新。電腦模型也讓我們知道，皮鞭和矇著眼睛的床戲都只是蛋糕上的一點糖霜，稱不上是主要口味，只不過是為了要吸引大家的注意力罷了。其實作者要能讓筆下的小說暢銷，寫作功力還是要紮實，要能精準地運用每一個逗號、每一個動詞。不管是李查德、尼可拉斯·史派克、戴夫·艾格斯還是童妮·摩里森，這個道理都一樣。電腦推薦書單裡的每一個作者都是如此。

　　希望您和我們一樣享受這個解密的過程。

謝辭

我們的習慣是這樣，只要想起哪一個人曾經幫助過我們，就會送上對方一瓶好酒甚至登門拜訪致謝。透過本書的寫作，我們瞭解到每一位作家都必須默默承擔一些必須履行的義務，而寫謝辭就是其中一項。

所以在此，我們要感謝 Don Fehr 和 Trident Media Group 文學經紀公司的同仁，以及 Daniela Rapp 和紐約聖馬汀出版社的編輯團隊。謝謝內布拉斯加大學的 Aaron Dominguez 和 Emelie Harstad。謝謝 Gabi Kirilloff、Yeojin Kim、Mark Bessen，以及 Bridget Flynn、Janet Warham、Matthew A. and Audrey Jockers 和 Rob McDonald。謝謝 Stephen and Jenny Whitehead、Elizabeth Wood 和 Dan Powers。還有 Bodi Mack，謝謝你。

上述提及的所有人都可以隨時來找我們領取一瓶好酒（當然小孩除外）。

國家圖書館出版品預行編目(CIP)資料

暢銷書密碼：人工智慧帶我們重新理解小說創作 / 茱蒂.亞契
(Jodie Archer), 馬修.賈克斯(Matthew L. Jockers)作 ; 葉妍伶譯.
-- 初版.-- 臺北市 : 雲夢千里文化, 2016.12
面； 公分
譯自 : The bestseller code
ISBN 978-986-93598-1-8(平裝)

1.現代小說 2.閱讀 3.資料探勘

812.7   105021319

寫吧 08

暢銷書密碼
人工智慧帶我們重新理解小說創作
THE BESTSELLER CODE

作　　　者：茱蒂・亞契 / 馬修・賈克斯（Jodie Archer / Matthew L. Jockers）
譯　　　者：葉妍伶
總　編　輯：康懷貞
協力編輯：張以潔、柯俞安、許家菱
行銷企劃：吳邦珣
裝幀設計：廖韡

發　行　人：康懷貞
出版發行：雲夢千里文化創意事業有限公司
地　　　址：104 台北市中山區南京東路一段 2 號 3 樓
電　　　話：(02) 2568-2039
傳　　　真：(02) 2568-2639
網　　　址：somewhereelse.tw
服務信箱：somewhere.else123@gmail.com

法律顧問：蔡昆洲律師
總　經　銷：大和書報圖書股份有限公司
地　　　址：242 新北市新莊區五工五路 2 號
電　　　話：(02) 8990-2588
傳　　　真：(02) 2299-7900

I S B N：978-986-93598-1-8
出版日期：2016 年 12 月初版 1 刷
定　　　價：340 元

THE BESTSELLER CODE by Jodie Archer and Matthew L. Jockers
Copyright © 2016 by Jodie Archer and Matthew L. Jockers
Complex Chinese translation copyright © 2016 by Somewhere Else Publishing Co. Ltd.
Published by agreement with Trident Media Group, LLC, through The Grayhawk Agency.
All RIGHTS RESERVED.